Für Saskia, Georg, Martin, Elisabeth und Karl

Lukas J. Herzog

Passagier 91

Bibliografische Information der Deutschen Nationalbibliothek:
Die Deutsche Nationalbibliothek verzeichnet diese
Publikation in der Deutschen Nationalbibliografie;
detaillierte bibliografische Daten sind im Internet über
http://dnb.dnb.de abrufbar.

Coverbild: **Elisabeth Herzog**

Herstellung und Verlag: BoD – Books on Demand,
Norderstedt

ISBN: 978-3-7392-4373-3

INHALT

Passagier 91 – Prolog

Hier stehe ich nun endlich. In der Warteschlange um ein Transportschiff zur Camarde betreten zu können. Damit werde ich diesen Planeten endgültig verlassen. Es ist ein regnerischer Abend. Der Mond und die ersten Sterne stehen schon am Himmel. Irgendwie erscheint alles in einheitlichem Grau. Die dunkelgrünen Uniformen, die alle Passagiere tragen müssen, hellen die ganze Situation auch nicht gerade auf.

Vor mir ist die Warteschlange noch gefühlte einhundert Meter lang. Die Transportschiffe hängen weiter vorne senkrecht nach oben in den Startvorrichtungen. Den Metallsteg, der alle Startrampen miteinander verbindet, erreichen die Passagiere über eine einzige Metallrampe. Etwa in der Mitte dieser Rampe stehen einige Soldaten, die die ID-Chips und die Papiere kontrollieren. Die Menschen verlassen das Sonnensystem und verteilen sich auf die Milchstraße, und auch jetzt will die Erdverwaltung noch wissen, wer auf welchem Schiff mitfliegt.

Sehr interessant finde ich, dass wir wieder Papierausweise erhalten haben. Die wurden auf der Erde vor etwa 100 Jahren abgeschafft. Aber man weiß ja nie, wie lange die Technik auf einem fremden Planeten durchhält. Trotzdem genieße ich die letzten sauren Regentropfen, die mir auf den Kopf prasseln. Ich werde diesen Planeten vermissen. Da die Erde aber unwiederbringlich zerstört ist, ist eine Entsiedelung der letzte Ausweg zur Rettung der Menschheit. Vielleicht schaffen es einige robustere Lebewesen und können diesen kleinen Planeten wieder neu besiedeln.

Glücklicherweise konnte seit dem Aufkommen der Quantentheorie vor etwa 500 Jahren eine Lösung für das Langstreckentransportproblem gefunden werden. Die Außenhaut unserer modernen Raumschiffe besteht immer noch aus der gleichen strahlungsabweisenden Metallschale, die kurz nach der Jahrtausendwende erfunden wurde. Aber seit 20 Jahren ist es endlich möglich große Objekte über weite Distanzen durch den Raum zu schicken, ohne sich auf der Zeitachse weiterzubewegen. Es hat sich zwar das Wort Tunnelling für die Transportmethode etabliert, obwohl es nichts mit dem Tunnelling auf Quantenebene zu tun hat. Leider hab ich selbst nicht so genau verstanden, wie es funktioniert. Aber wenn man sich den gesamten Raum als Seite in einem Buch vorstellt und man möchte von einem Eck zum anderen, muss man nicht mehr über die gesamte Seite. Die Seite kann zusammengefaltet werden und es ist möglich, wie eine Nadel durch das Blatt zu fahren. So wird es zumindest immer erklärt.

Obwohl die Antriebstechnik der Schiffe auf dem neuesten Stand ist, ist deren Innenausstattung wohl eher als zweckmäßig zu bezeichnen. Alles ist mit Metall ausgekleidet. Die Gänge und Aufenthaltsräume sind in langweiligem Graubraun gehalten. Der Boden ist in den Kapselbereichen zwar mit einer Kunststoffbeschichtung überzogen, aber sonst auch nur eine blanke kupferbraune Metalloberfläche.

Über die kleine Apparatur an meinem Handgelenk, das sogenannte Holo, konnte ich mir mein zukünftiges Zuhause schon vorab ansehen. Es zeigt außerdem noch die Kryokammern in denen wir uns aufhalten, bis wir dieses Sonnensystem verlassen haben. Die Holos sind unsere modernen Notizblöcke. Sie haben diese furchtbar klumpigen Tablets abgelöst. Sobald wir unsere Handflächen nach oben drehen, wird ein Hologramm gezeigt. Aber das ist jetzt eigentlich auch nicht mehr besonders wichtig. Die Holos funktionieren leider nur auf der Erde. Aufgrund des gewaltigen Energiehungers dieser Apparate, wäre es unverantwortlich sie auf einem fremden Planeten, ohne funktionierende Energieversorgung, zu aktivieren.

Zurück zu der Technik, die die Schiffe bewegt. Da der Raum um das Schiff leicht verzerrt wird, wenn man den Raumsprung durchführt, ist es aus Sicherheitsgründen notwendig ins äußere Gebiet des Systems zu reisen, um die Wechselwirkungen zwischen Planeten und Monden nicht zu stark zu beeinflussen. Seit Neuestem macht die Menschheit sich sogar Sorgen um den Einklang eines Sternensystems, aber wie einzelne Lebewesen auf den verschiedenen Planeten behandelt werden, ist egal.

Der eigene Planet ist ja schon vollkommen den Bach runter. Nach der Industrialisierung haben wir so viele Treibhausgase in die Atmosphäre gepumpt, dass der Treibhauseffekt den Planeten nun im Schnitt um dreieinhalb Grad Celsius erwärmt hat. Natürlich lebt die Menschheit in einer Zwischeneiszeit und dieser Planet hat schon weitaus höhere Temperaturen erlebt, aber die Menschheit hat es tatsächlich geschafft den eigenen Lebensraum zu zerstören. Zur Jahrtausendwende hätten schon alle Transportmittel, Energieproduzenten und die Lebensmittelindustrie von fossilen Brennstoffen Abstand nehmen müssen um den Planeten noch zu retten. Da dieser Prozess aber aufgrund diverser Interessensvertretungen nicht so schnell eintrat, musste die Menschheit erst auf die intelligenten Maschinen warten. Da war es aber schon längst zu spät. Den Treibhauseffekt merkt man ja nicht sofort. Die wahren Auswirkungen des Energiehungers unserer Vorfahren merkten erst deren Enkelkinder.

So langsam bewegt sich die Schlange nach vorne und ich steige aus dem Dreck auf die Metallrampe. Fremde Lebewesen. Ich kann seit Tagen an nichts anderes mehr denken. Die Drohnen auf unserem Zielplaneten meldeten zwar, dass es eine sehr aktive Flora gibt, die auch menschliches Leben möglich macht, aber über etwaige Fauna ist noch nichts bekannt. Von den anderen besiedelten Planeten sind in den letzten Jahren fantastische Meldungen von fremdartigen Lebensformen zu uns gekommen. Schon auf Alpha Humani, dem ersten besiedelten Planeten, konnte komplexes Leben gefunden werden. Nicht nur komplex, sondern auch bis zu einem gewissen Grad intelligent.

Die höchstentwickelten Tiere dort sind ähnlich schlau wie Hunde. Das Aussehen ist etwas ganz anderes. Sie haben weder Fell noch Federn, natürlich so etwas wie eine Haut, aber darüber, die äußerste Schutzschicht, ist etwas anderes. Sie ist weich, fast so wie Wolle. Man kann Sie aber an einzelnen Stäben aus der Haut ziehen, so wie bei einer Feder. Diese Tiere sind rot, sowie fast alles auf diesem Planeten rot ist. Die Presse behauptet, dass das an dem Stern in diesem System liegt. Dieser strahlt am stärksten im roten Bereich des Spektrums und der Planet ist auch relativ nahe an seinem Stern. Ob ich das jetzt glauben soll, muss ich mir noch überlegen. Ich hätte noch nie erlebt, dass ein Zeitungsredakteur ein guter Physiker ist. Es muss trotzdem ein seltsamer Anblick sein. Ein roter Planet und das intelligenteste Tier ist so etwas wie ein roter Wollfederhund. Und das Beste ist, das Tier heißt sogar so.

Was mich wohl auf meiner neuen Heimat erwartet. Die Drohnen haben erste Bilder gesendet, auf denen ist eine etwas gelbliche Vegetation erkennbar. Es scheint so, als wäre die Farbe der Steppen auf den tiefsten südamerikanischen Urwald übertragen worden. Tiere wurden noch keine gesichtet, dafür war die Energie der Drohnen zu begrenzt. Sie konnten nur die wichtigsten Messungen durchführen und erste Bilder schießen. Der Planet ist definitiv bewohnbar. Aber vielleicht ist er auch schon bewohnt. Wenn, dann gibt es keine hoch entwickelte Rasse. Die Drohnen hätten im Anflug schon Raumschiffe oder zumindest Satelliten registriert. Und um Tiere muss man sich nicht wirklich kümmern. So zumindest die Erfahrungen der bisherigen Besiedlungen. Wenn auf dem Planeten aber so etwas herumläuft wie ein Dinosaurier, sieht die Sache ganz anders aus. Wir als Menschen sind in deren evolutionärer Umgebung nie vorgekommen. So sehen die meisten Tiere den Menschen weder als Bedrohung noch als Nahrung. Der Mensch bewegt sich auf fremden Planeten meist unbehelligt. Von höher entwickelten Tieren zwar beobachtet, aber nie bedroht.

Etwas anderes ist es, wenn man auf hoch entwickelte Zivilisationen trifft, die sich etwa in einer dem Mittelalter vergleichbaren Epoche befinden. Genau das ist der Besatzung der Prothos passiert. Der Planet war von einer hoch entwickelten Rasse bewohnt, die noch ein geozentrisches Weltbild hatte. In so einer Situation können zwei Dinge passieren. Die Ankömmlinge werden als Götter empfangen oder man wird als Dämonenbrut verflucht und gejagt.

Leider ist in diesem Fall Letzteres passiert. Als Sicherheitsvorkehrungen gegen solche Fälle wurden die Schiffe gut bewaffnet und haben auch genügend Kriegsmaterial an Bord, um zumindest die eigene Stärke zu demonstrieren. Da der Kommandant der Prothos unbedingt den Planeten besiedeln wollte, kam es im Endeffekt zu einem Genozid an der einheimischen Rasse. Die ursprünglichen Bewohner wurden innerhalb von drei Jahren vollkommen ausgerottet. Der Mensch hat nun deren Platz in der Nahrungskette auf diesem Planeten übernommen. Eigentlich furchtbar, aber wenn man genau darüber nachdenkt, verhält sich der Mensch nur seiner Natur entsprechend. Natürlich ist die Sache mit der Prothos eine Katastrophe und unverzeihlich.

Ein schwarzer Tag in der Geschichte der Besiedlung des Weltalls. Aber die Unterabteilung der Vereinten Nationen meinte, es müsse weitergehen. Um jeden Preis.

Nun stehe ich endlich bei den Soldaten. Es ist seltsam, dass auch solche Arbeit wieder von Menschen übernommen wird. Schon 2050 wurden solche einfachen Tätigkeiten fast ausschließlich von Robotern übernommen. Die künstliche Intelligenz, wie sie heute existiert, haben die Menschen im Jahr 2025 erschaffen. Eine sich vollkommen autonom entwickelnde Maschinenrasse. Durch die Fähigkeiten und die verfügbaren Informationen, die den Robotern schon zu Beginn ihrer Existenz zur Verfügung standen, hatten sie uns Menschen bald abgehängt. Da sie ihre eigene Programmierung teilweise verändern durften, hatten sie den Menschen sehr bald viele neue Technologien zu Verfügung gestellt. Von ihnen kam auch unser Wissen über das Reisen über weite Distanzen.

Jedoch erkannten sie auch bald das virusartige Verhalten des Menschen. Nach dieser Erkenntnis fingen die Maschinenwesen an sich von den Menschen geographisch abzugrenzen und erschufen sozusagen ihr eigenes kleines Reich. Ein Krieg zwischen zwei Großmächten festigte die Maschinen in deren Meinung und beschleunigte die Abgrenzung.

In dem abgegrenzten Gebiet entwickelten sie ihre eigene Reisetechnologie weiter und verließen den Planeten nach einigen Jahren Entwicklungs- und Bauzeit. Niemand weiß, wo sie sich derzeit befinden. Ich denke, die Menschheit kann sich glücklich schätzen, dass es einige Codezeilen in den Maschinenwesen gibt, die sich nicht verändern durften. Diese besagten, man dürfe keine Lebewesen verletzen. Ich bin sicher, wenn diese Programmierung nicht gewesen wäre, hätten die Maschinen uns ausgerottet. Nur um das Universum vor uns zu beschützen.

- „Halt! Die Tasche öffnen und auf den Tisch. Mit den Ausweisen zu mir." Diese Worte holen mich aus meinen Gedanken.

- „Natürlich, hier."

Ich bin an der Passkontrolle angekommen. Selbstverständlich werden nochmals die Taschen und Papiere kontrolliert. Es dürfen nur nicht-lebende Gegenstände mit an Bord genommen werden. Bücher, Dateien und andere Unterhaltungsmöglichkeiten.

- „Alles in Ordnung, bitte gehen sie weiter zu Schiff Nummer 4." höre ich die grimmige Stimme sagen.

Ich nehme meine Tasche, meine Papiere und beschleunige meine Schritte. Auf den letzten zweihundert Metern zum Transportschiff vergesse ich die Schönheit dieser leicht verregneten Nacht und kann nur noch daran denken endlich am Schiff zu sein.

Ich komme dem Transporter mit der Nummer 4 immer näher. Mein Herz fängt an immer schneller zu klopfen. Ich kann es fast durch die Brust spüren. Meine Nervosität steigt bis ins Unermessliche. Ich drehe mich ein letztes Mal um, um meinen Heimatplaneten in seiner vollen Pracht zu betrachten.

- „Hier herein", der kräftige Arm eines Soldaten zieht mich in den Transporter und schiebt mich auf einen Sitzplatz. „Anschnallen."

Ich schiebe meine Tasche unter den Sitz und schnalle mich an. Da betritt noch ein Passagier den Transporter. Er setzt sich auf den letzten freien Platz. Der Soldat springt aus dem Transporter und die Schiebetür schließt sich. Alles beginnt zu leuchten und Schiffsansagen klingen durch die Lautsprecher. Meine

Anspannung steigt immer weiter. Bald werde ich diesen Planeten endgültig verlassen.

Nach ein paar Minuten Wartezeit beginnt alles leicht zu wackeln. Ich merke, wie wir uns langsam aus der Verankerung lösen. Die Triebwerke zünden ziemlich plötzlich und mein Magen dreht sich in alle Richtungen. Ich denke noch einmal an die Erde und die schöne Zeit, die ich dort verbracht habe.

Passagier 91 – Die Camarde

Wir haben angedockt. Die Camarde befand sich seit etwa einem Jahr in einer Umlaufbahn um die Erde. Weit oberhalb des ganzen Weltraummülls, den unsere Vorfahren hinterlassen haben. Die einzelnen Teile wurden über den Weltraumlift in einen niedrigen Orbit gebracht, von dort dann von Techbots, kleinen selbstständigen Ingenieursrobotern, weiter getragen und anschließend zusammengebaut. Das Schiff sieht aus wie alle anderen Personentransporter auch. Um Schwerkraft an Bord gewährleisten zu können, dreht sich eine gigantische runde Außenhülle um den Antriebskörper. Es sieht fast so aus, als würde sich ein Metallzylinder um eine elektrische Pfeffermühle drehen. Natürlich mit ein paar Verbindungsstücken. Diese Verbindungsteile sind tatsächlich Gänge, oder eher Leitern, um in den Antriebsbereich und die Steuerzentrale zu gelangen. Wobei sich die Steuerzentrale am vorderen Ende des Antriebszapfens befindet. Dort gibt es auch eines der wenigen Fenster am Schiff. Eigentlich sind alle diese Schiffe relativ zweckmäßig konstruiert. Verständlich, da sie ja auch nur zum Transport von Menschen im Kryoschlaf dienen.

Ich löse meinen Gurt und ziehe die Tasche unter dem Sitz hervor. Das Schlimmste hätte ich damit mal überstanden. Ich warte hinter meinen Besatzungsmitgliedern darauf, den Transporter verlassen zu können. Ein wild gemischter Haufen. Vor mir steht ein etwas schmächtiger junger Mann, der etwas ängstlich auf den Boden starrt. Ich kann sehen wie sich an seinen Schläfen langsam kleine Schweißtropfen bilden. Der arme Junge muss richtig Angst haben. Vor ihm steht ein großer, muskulöser Mann. Ich reiche ihm mit meiner Größe gerade bis zum Kinn. Er steht ruhig vor der noch verschlossenen Tür. Hinter mir steht eine junge Frau, etwa fünfundzwanzig Jahre alt.

- „Bist du nervös?" fragt sie mich.

- „Was, nein, wieso fragst du?"

- „Du schwitzt, reibst deine Hände und musterst unsere Mitreisenden mit deinen Blicken. Mach dir keine Sorgen, in fünfzehn Minuten sind wir alle im Kryoschlaf und wachen erst in ein paar Jahren in der Nähe eines anderen Planeten wieder auf."

- „Ich mach mir keine Sorgen, warum sollte ich auch?"

- „Dafür schwitzt du aber ganz schön." meint sie.

Plötzlich fällt es mir auf. Von meiner Stirn fallen die ersten Schweißtropfen zu Boden. Anscheinend ist mein Körper angespannter als ich dachte. Ich wische mir die Tropfen von der Stirn und will das Gespräch wieder aufnehmen, als sich die Tür des Transporters öffnet.

- „Bitte einzeln den Transporter verlassen." – erklingt eine metallische Stimme. Das dürfte der Bordcomputer sein. „Gepäck auf das Fließband stellen und den Körperscanner betreten".

Andauernd diese Sicherheitsvorkehrungen. Der bullige Mann verlässt den Transporter und betritt als Erster die Camarde. Der Rest von uns wartet geduldig. Er stellt seine Tasche wie befohlen links auf das Fließband und sie fährt durch einen Gepäckscanner. Er selbst geht noch einige Schritte weiter und stellt sich in den zylinderförmigen Ganzkörperscanner. Der Scanner dreht sich, sodass der Eingang in den Scanner nun als Ausgang auf der anderen Seite dient.

- „Kammer K-89" ertönt der Bordcomputer. „Bitte einzeln den Transporter verlassen. Gepäck auf das Fließband stellen und den Körperscanner betreten."

Besonders einfallsreich sind die Kommandos nicht. Während der bullige Typ schon um die Ecke nach dem

Scanner gebogen ist, legt der schmächtige Junge gerade seine Tasche ab und lässt die gleiche Prozedur über sich ergehen.

- „Kammer-K90“ ich wusste schon was als Nächstes kommen würde. „Bitte einzeln den Transporter…“ noch während der Ansage habe ich den Transporter verlassen und die Camarde betreten.

Ich lege meine Tasche ab und gehe in den Scanner. Der dreht sich und ich höre „Kammer-K91“. Mit der Tasche in der Hand gehe ich gleich um die Ecke nach dem Scanner. Ich merke, wie in mir die leichte Nervosität immer weiter ansteigt. Der Anblick, der sich mir hier bietet, kann wohl kaum als spannend beschrieben werden.

Es ist ein langer graubrauner Gang, der am anderen Ende mit einer einhundertachtzig Grad Kurve endet und dann wieder in die andere Richtung zurückführt. Links und rechts befinden sich nur Metalltüren. Auf der ersten Tür zu meiner rechten steht in großen Buchstaben K-1. Der Gang ist etwa zweieinhalb Meter breit und zweieinhalb Meter hoch. In der Mitte an der Decke sind im Abstand von wenigen Metern Deckenleuchten angebracht. Links und rechts neben den Leuchten verlaufen

Kabel und Rohre. Der Boden sieht aus wie eine massive Metallplatte.

Etwa die Hälfte des Schiffes besteht nur aus solchen geschlängelten Gängen. Wenn man den Außenzylinder des Schiffs betrachtet dann besteht die eine Hälfte aus einer einzigen großen Gangschlange, die hin und wieder von einer Andockvorrichtung unterbrochen wird. Wenn man es sich vorstellen möchte, könnte man auch ein weißes Blatt Papier nehmen und vom linken unteren Rand beginnend, eine durchgehende Schlangenlinie, welche das gesamte Blatt bedeckt, bis zum rechten oberen Rand, ziehen. Die andere Hälfte des Schiffs ist für Verpflegung und Besiedlungsmaschinen reserviert. Alles was wir auf unserer neuen Heimat brauchen können ist in einer gigantischen Lagerhalle untergebracht. Wie diese tatsächlich aussieht werde ich dann erst beim Ausladen der Pakete auf unserem neuen Planeten erfahren. Mittlerweile hab ich schon die ersten 50 Kammern passiert und die Kurve erreicht. Insgesamt hat das Schiff etwa eintausend Kammern, für jede Person eine. Zwar etwas wenig genetisches Material für die Besiedlung eines Planeten, aber dafür führt das Schiff Eizellen und Samen im Lagerraum mit, um später künstliche Befruchtung zu ermöglichen. Im Notfall soll die Menschheit auch über Retortenkinder am Leben erhalten werden.

- „K-89, K-90 … da ist es ja K-91" murmele ich vor mich hin.

Die beiden vor mir sind schon in ihren Kammern und die Türen sind geschlossen. Ich betrete meine Kammer, sofort schließt sich die Schiebetür von oben und ein lautes Klacken signalisiert mir, dass die Tür jetzt geschlossen ist und nur mehr im Notfall oder bei der Ankunft in der neuen Heimat geöffnet wird. Die Kammer ist sehr spärlich eingerichtet. Wenn so etwas überhaupt Einrichtung genannt werden kann. Direkt vor mir steht die Kryokammer. Links daneben befindet sich eine kleine Einbuchtung in der Wand, in der sich die Kryomeds befinden. Ein paar Pillen und kleine Drinks damit der Körper den Gefrierprozess überlebt. An der Wand hängt noch die Anleitung für das Einnehmen der Meds, falls es jemand in der Nervosität vergisst. Ansonsten ist im Raum nichts, außer einer winzigen runden Deckenleuchte und die zwei Quadratmeter Boden auf denen ich im Moment stehe.

Ich werfe die Tasche auf den Boden und beginne langsam mich auszuziehen. Ich wurde auf der Erde schon für eine Woche in eine Kryokammer gesteckt, nur um zu testen, wie mein Körper reagiert, aber ich bin trotzdem unglaublich aufgeregt. Ich streife mein Shirt über den Kopf und merke, wie ich am ganzen Körper heftig zu zittern beginne. Ich darf jetzt nur nicht die Nerven verlieren. Ich greife nach den Meds und werfe mir die ersten Pillen in den Mund und trinke die ersten 200 Milliliter der leicht gelblichen Flüssigkeit. Genauso wie es uns bei dem Trainingslauf erklärt wurde.

Langsam lege ich auch meine restliche Kleidung ab und stehe nun fast nackt in der kleinen Kammer. Ich greife nochmals zu den Kryomeds, werfe die restlichen Pillen ein und spüle sie mit der Flüssigkeit hinunter. Jetzt muss ich innerhalb einer Minute im Flüssigkeitsbad sein, da sonst die Kryomeds schädliche Wirkungen auf meine Muskulatur haben können. Noch während ich meine Unterhose ausziehe, öffne ich die Glastür der Kryokammer. Langsam stelle ich mich hinein und drehe mich mit dem Gesicht zur Tür, durch die ich den Raum vor wenigen Minuten betreten habe. Während sich die Tür langsam automatisch schließt, befestige ich meinen

Körper mit Gurten an der Rückwand. Zuerst am Bauch und anschließend am Kopf.

- „Bereit für Kryoschlaf - Antworten Sie mit Ja. Nicht bereit für Kryoschlaf – Antworten Sie mit Nein.“, fragt eine lieblich klingende weibliche Stimme.

Zumindest nicht so metallisch wie der Bordcomputer.

- „Ja“ und schon höre ich, wie die Kammer zu arbeiten beginnt.

Links und rechts meiner Füße öffnen sich zwei Schleusen und langsam fließt die grünliche, ein bisschen schleimige Flüssigkeit in die Kryokammer. Von oben wird die Gesichtsmaske herabgelassen. Die Lunge wird mit einem anderen Material ausgefüllt. Irgendein Schaum, der bei Reaktivierung der Person sofort zu Luft zerfällt. Die Kammer füllt sich immer weiter und ich spüre, wie die kalte Flüssigkeit in meine Ohren rinnt. „Bitte ausatmen, Lunge wird in 5 Sekunden befüllt.“ Ich atme schnell aus und fühle, wie der Schaum meine Luftröhre hinunterschießt und Nase und Mund verschließt.

- „Kryophase beginnt.“

Ich merke noch, dass langsam alles schwarz, dumpf und kalt wird.

Passagier 91 – Erwachen

Alles ist verschwommen. Ich fühle, wie das Leben allmählich in meinen Körper zurückkehrt. Langsam rinnt die Kryoflüssigkeit meinen Körper hinab und die Gesichtsmaske wird nach oben gezogen. Das Glas der Kryokammer ist beschlagen, überall sind kleine Tropfen. Das kleine Licht in meinem Zimmer brennt. Schemenhaft erkenne ich meine Kleidung am Boden und auch die verschlossene Tür. Automatisch öffnet sich die Glastür und ich verlasse die Kryokammer. Ich fühle mich noch etwas benommen und muss mich auf den Boden setzen. Es ist kalt. Leicht zitternd ziehe ich mich an.

Zeit meine Sachen zu packen. In meiner Tasche habe ich nur etwas frische Kleidung und das Messer, das mir mein Großvater vermacht hat. Ein wirklich schönes Messer. Der hellbraune Holzgriff ragt aus der ledernen Messerscheide heraus. Mit einer kleinen Lederschlaufe kann ich das Messer an meinem Gürtel befestigen.

Mein Großvater sagte vor meiner Abreise zu mir, dass ich dieses Ding eines Tages bestimmt brauchen werde. Man wisse ja nie, wann man mal ein gutes Messer braucht.

Als er mir das Teil vor einigen Jahren gegeben hat, dachte ich mir ich würde das Messer in irgendeiner Kiste verschwinden lassen. Hauptsache ich tue dem alten Mann einen Gefallen und nehme sein Geschenk an. Im Nachhinein betrachtet hatte er wahrscheinlich nicht einmal Unrecht. Wer weiß schon, was auf einem fremden Planeten alles wartet. Man kann ja nie wissen, wann ein gutes Messer gebraucht wird.

Sonst habe ich keine bedeutenden persönlichen Sachen mitgebracht. Das wäre alles nur Ballast. Zusätzlich wurde allen Reisenden empfohlen keine Fotos von Freunden und Familie mitzunehmen, da es dann angeblich leichter fällt sie zu vergessen. Man muss sich schließlich auf die neue Aufgabe konzentrieren. Warum sagt der Bordcomputer eigentlich nichts? Normalerweise müsste diese furchtbare metallische Stimme schon wieder mit kurz formulierten Anweisungen um sich werfen und die Landung der Passagiere in den Transportschiffen organisieren.

Die Tür meiner Kammer ist immer noch fest verschlossen. Ich werde langsam ungeduldig und die Vorfreude steigt ins Unermessliche. Ich will endlich meine neue Heimat sehen. Glücklicherweise lässt sich die Tür von innen manuell öffnen. Die Tür fährt langsam nach oben und ich gehe hinaus auf den Gang. Ich werde nervös. Mein Blutdruck steigt und mein Herz beginnt immer schneller zu schlagen. Stille und Finsternis empfangen mich. Die meisten Deckenleuchten sind ausgefallen, wenige flackern noch vor sich hin. Die anderen Türen scheinen alle verschlossen zu sein.

- „Hallo! Kann mich jemand hören?" - Im Inneren weiß ich, dass niemand antworten wird. „Bordcomputer, Bericht!" - Nichts.

Absolute Stille und das unangenehme Flackern der Lichter in diesem engen Gang. Angst steigt in mir hoch. Was ist passiert? Vielleicht nur eine Fehlfunktion meiner Kryokammer. Obwohl das eher unwahrscheinlich ist, da der Bordcomputer noch funktionieren müsste. Aber warum sind die anderen Kammern noch verschlossen. Im selben Moment, in dem ich mir diese Frage stelle, höre ich das Öffnen einer Tür und den dumpfen Ton eines fallenden Körpers. Es ist noch jemand wach. Ich gehe langsam in dessen Richtung, weiter in Richtung der höheren Kabinennummern. Vor mir sehe ich im flackernden Licht eine der Kurven. Der Ton muss aus dem nächsten geraden Abschnitt gekommen sein. Um die Kurve bemerke ich, dass der nächste Abschnitt des Ganges vollkommen in Dunkelheit gehüllt ist.

Mit pulsierendem Herzen und schnellem Atem versuche ich langsam vorwärts zu kommen. Mit dem rechten Fuß rutsche ich einige Zentimeter nach vorne und ziehe den linken Fuß nach. Ich presse meinen Körper an die rechte Seite des Gangs und gleite so durch die Finsternis. Erste Schweißtropfen bilden sich auf meiner Stirn und tausend Gedanken schießen mir gleichzeitig durch den Kopf. Was ist passiert? Wo sind all die Mitreisenden? Warum meldet sich der Bordcomputer nicht? Stromausfall? Hoffentlich keine intelligente Alienrasse. Mein rechter Fuß berührt etwas und ich zucke zusammen. Ich muss meinen Kollegen gefunden haben. Ich greife mit der Hand Richtung Boden und ertaste einen nackten Fuß. Der Körper fühlt sich nass an. Wahrscheinlich noch die Kryoflüssigkeit. Die Person dürfte das Ganze nicht so gut vertragen haben und ist umgefallen.

- „Hallo, können Sie mich hören? Sind Sie wach?", flüstere ich.

Ich zittere am ganzen Körper. Langsam taste ich mich entlang des Körpers vom Fuß beginnend an der rechten Seite hoch bis zu den Schultern. Vom Körperbau her eindeutig ein Mann. Hier, in diesem dunklen Abschnitt, kann ich ihm aber auch nicht helfen. Ich packe ihn und schleife den regungslosen Körper zurück in Richtung meiner Kabine und damit auch in Richtung Licht. Immer schön langsam. Mein Puls steigt. Nur noch schnell um die Kurve ziehen und dann Erste Hilfe anwenden.

Ich lasse den Mann los. Mein Oberkörper zuckt zusammen und mein Magen verkrampft sich. Die flackernde Deckenleuchte beleuchtet nun den mir unbekannten Menschen. Der Bauchraum ist aufgebrochen, der Magen geplatzt und der Darm hängt wie ein Seil heraus und verschwindet in dem Dunkel, aus dem ich gerade gekommen bin. Mein Mageninhalt schießt durch die Magenröhre in meinen Mund und ich muss mich übergeben. Ich falle auf die Knie und mein Erbrochenes bedeckt den Boden neben der Leiche. Zitternd vom Erbrechen drehe ich mich um und setze mich neben den Torso des Toten. Mein Kopf ist vollkommen leer. Fassungslos starre ich auf die Metallwand gegenüber und spucke immer noch Erbrochenes auf den Boden. Was zur Hölle ist hier nur passiert?

Mein Herz rast, aber trotzdem muss ich versuchen klar zu denken, mich zu sammeln. Für so eine Situation wurden wir nicht trainiert. Solche Szenarien wurden noch nicht einmal erwähnt. „Kommandozentrale" schießt es mir durch den Kopf. Ich muss in die Kommandozentrale. Ich muss zur Kammer Nummer 500. Da befindet sich das Verbindungsteil. Über diesen Verbindungsgang des Schiffes komme ich zum oberen Ende des Antriebs. Von dort sind es nur ein paar Hundert Meter durch einen geraden Gang zur Kommandozentrale. Dort wird der Status jeder Kryokammer angezeigt. Zusätzlich kann ich, von der Zentrale aus, die manuelle Kontrolle über einige Systeme des Schiffs übernehmen. Vielleicht braucht das System nur einen kleinen Neustart. Benommen stehe ich auf und steige über den Toten.

Der Gang vor mir ist dunkel und beängstigend. Wie viele Leichen werde ich auf meinem Weg noch finden. Mein Kopf fühlt sich an wie eine Nebelwolke. Ich kann keinen klaren Gedanken fassen und wanke durch die Finsternis. Meine rechte Hand streift an der Wand entlang. Kein anderes Besiedlungsschiff hat auch nur annähernd solche Ereignisse gemeldet. Es ist immer alles problemlos verlaufen. Der Weg zum Sprungpunkt am Rande unseres Sonnensystems ist hundertprozentig sicher. Falls ein Defekt am Schiff aufgetreten wäre, hätte der Außenposten am Mars Alarm geschlagen. Das Sicherheitsprotokoll wäre in Kraft getreten und eine Rettungscrew hätte das Schiff wieder zur Erde manövriert. Derselbe Sicherheitsmechanismus existiert auch nach dem Asteroidengürtel. Die Sicherheitssatelliten, die im äußeren Bereich des Gürtels um die Sonne kreisen, scannen jedes Schiff, das durch den Gürtel kommt. Am gesamten restlichen Weg gibt es zwar keine Sicherheitsvorkehrungen mehr, aber das Risiko einer Kollision ist minimal. Außerdem verursachen Gesteinseinschläge keine aufgeplatzten Mägen. Solche Einschläge lösen den Schiffsalarm aus und die Wartungsbots müssten Schäden an der Außenhaut selbstständig reparieren. Und großen Objekten weicht das Schiff automatisch aus.

Nach einigen Kurven sehe ich Licht am Ende des Gangs. Die Konturen der Wände und einiger Türen werden wieder erkennbar. Am Boden ist nichts zu sehen. Ich beschleunige meinen Schritt. Umso näher ich dem hellen Bereich komme, umso deutlicher sehe ich seitlich der brennenden Deckenleuchte die Tür mit der Nummer 450. Ich bin fast am Ziel angekommen. Ich biege noch einmal um eine Kurve und sehe einen hell erleuchteten Abschnitt vor mir. Die Lichter brennen und die Türen sind verschlossen, so als ob nichts gewesen ist. Keine Leichen, keine Fehler in der Elektronik.

„Bordcomputer!" - wieder keine Antwort.

Gerade als sich meine Ohren mit der Stille abgefunden haben, vernehme ich ein dumpfes Klopfen. Es muss noch jemand am Leben sein. Irgendjemand versucht aus seiner Kabine zu kommen. Ich muss dort hin. Immer schneller laufe ich den hellen Gang hinunter. Der Ton nimmt leicht an Lautstärke zu und ich laufe am Verbindungsgang vorbei, um meinem Kollegen in Not zu helfen. Ich bleibe stehen um zu hören, woher das Geräusch kommt. Es scheint, als wäre das Klopfen wieder leiser geworden, außerdem ist der Klopfrythmus viel zu regelmäßig. Das kann kein Mensch sein. Meine Atmung wird schneller. Langsam gehe ich zurück und muss feststellen, dass das Klopfen anscheinend vom Antriebsteil des Schiffs kommt. Vielleicht ein Wartungsroboter, der die Außenhaut repariert. Vielleicht sind wir doch von kleineren Objekten im Asteroidengürtel getroffen worden. Und wenn das mehrere Objekte waren, könnte es gut sein, dass der Bordcomputer einen kleinen Schaden abbekommen hat. Das würde auch das kaputte Licht erklären und das Klopfgeräusch. Ich muss in die Steuerzentrale gehen und versuchen einige Informationen vom Bordcomputer zu bekommen.

Der Gang vom Personentrakt des Schiffs zum Antriebsteil ist eher eine Leiter. Die Außenteile, also der Personentrakt und das Lager, drehen sich um den Antriebsteil. So entsteht Schwerkraft nach außen. Das bedeutet, dass mich bei dem Verbindungsgang eine Kraft nach unten zieht. Ich greife nach der ersten Sprosse und ziehe meinen Körper nach oben. Dieser Verbindungsschacht ist noch enger als die normalen Gänge. In diesem einen Quadratmeter großen Schacht hängen alle fünf Meter kleine Lichtspots. Seine Länge von mehreren Hundert Metern lässt keine große Freude für den Aufstieg aufkommen. Eine Sprosse nach der anderen ziehe ich mich in Richtung des Antriebsteils. Der Lichtkegel zu meinen Füßen wird immer kleiner und die Lichtspots machen das Ambiente unglaublich bedrängend.

Die Eintönigkeit des Aufstiegs lässt mich in Gedanken an meine alte Heimat versinken. Seit der Jahrtausendwende hat die Verstädterung immer weiter zugenommen. Mit dem Erreichen der zehn Milliarden Menschen Marke änderten sich auch die Strukturen auf der Erde. Nahrungsmittel wurden künstlich knappgehalten. Die reichen Länder und Kontinente hatten Angst um ihre Stellung in der Welt. Während in Europa, Nordamerika und Nordasien die Menschen im Überfluss lebten, wurde der afrikanische Kontinent immer weiter ausgebeutet. In der nur kurz andauernden Blüte dieses Abschnitts der Menschheit konnten auch die autarken Roboter entwickelt werden. Eine großartige Entwicklung, die sich jedoch bald verselbstständigte.

Nach und nach wurden die Rohstoffe knapp. Angefangen hat alles mit dem Abbaustopp der seltenen Erden. Das Geschäft war einfach nicht mehr rentabel genug und Recycling in den Industrieländern wurde profitabel. Vor etwa vierhundert Jahren wurde dann auch Phosphor knapp. Der wichtigste Rohstoff für die überdurchschnittliche Lebensmittelproduktion in den westlichen Ländern war also plötzlich nicht mehr verfügbar. Die Lebensmittelexporte der Europäer an die afrikanischen Staaten gingen schnell gegen null. Das führte dazu, dass Afrika langsam aber sicher unterging. Einzelne Regionen wurden immer stärker von Warlords kontrolliert. Die Staaten haben sich aufgelöst und der Kontinent versank in mehreren blutigen Bürgerkriegen. Die südamerikanischen Staaten gründeten einen eigenen Staatenbund, sie wirtschafteten nur noch für sich selbst. Aufgrund der fruchtbaren Böden in der südlichen Region des Kontinents konnte dieser Staatenbund seine Mitglieder mit ausreichend Lebensmitteln versorgen.

Der reichere Teil der Erde schottete sich vom Rest ab. Doch durch die Klimasünden der Vergangenheit musste jeder erkennen, dass der Planet für den Menschen bald keine Heimat mehr sein wird. Die verstärkte Desertifikation und die Plastikverseuchung der Ozeane sind nur zwei der vielen sichtbaren Konsequenzen. Die steigenden Temperaturen führten zusätzlich zu begrenzteren Anbaugebieten von Nutzpflanzen. Zunehmend wurde Nahrung auch in Nordasien knapp.

Von dem Erreichen der zehn Milliarden Menschen bis zum Kollaps des Planeten vergingen etwa fünfzig Jahre. Zum Zeitpunkt des Kollapses hatte unsere geschaffene Intelligenz den Planeten schon verlassen.

Nach Abbruch der internationalen Zusammenarbeit konnten nur die reichen Staaten die gewohnte Versorgung aufrechterhalten. Einer der ersten Beschlüsse betraf die Zukunft der menschlichen Rasse. Es wurde eine Zusammenarbeit zum gemeinsamen Aufbruch in eine glorreiche Zukunft vereinbart. Der Mensch sollte den Planeten Erde endgültig hinter sich lassen.

Die Zielplaneten wurden ausgewählt und die Schiffe gebaut. Die Besatzung wurde anhand eines fairen Algorithmus ausgewählt. Die folgende Ausbildung der einzelnen Personen war jedoch streng geregelt und für jeden gleich. Hartes Überlebenstraining, grundlegende Technikausbildung, Schiffsstrukturen, medizinische Basiskenntnisse und Nahkampferfahrungen wurden vermittelt.

Meine Hände ergreifen die letzte Sprosse und ich kann den Abdeckungsdeckel über mir nach oben drücken. Ich steige in den Gang und bemerke sofort, dass technisch alles einwandfrei funktioniert. Die Lichter scheinen hell und der Gang wirkt geradezu freundlich. Vor mir sehe ich schon das Kommandozentrum. Die Tür steht offen und drinnen sind die Kontrollpanels zu erkennen. Auf den Bildschirmen flackert rote Schrift.

Das Klopfen ist in diesem Bereich des Schiffes besonders laut. Der Bot dürfte ganz in der Nähe sein und Reparaturarbeiten an der Außenhaut durchführen. Aufgrund des Klopfrhythmus wird wahrscheinlich ein Außenplattenteil ersetzt.

Die Reparaturbots werden im hinteren Bereich des Lagers auf Abruf gehalten. Sobald ein Fehler am Schiff auftritt, wird dieser vom Bordcomputer analysiert, und falls ein physischer Schaden entstanden ist, wird ein Bot losgeschickt. Auch hier gibt es wieder zwei Arten von Bots. Die IBots sind für Schäden im Inneren des Schiffs zuständig und sehen wie fahrende Mülleimer aus. Die ABots beheben Schäden an der Außenhaut und entsprechen von der Form her den frühen Satelliten. Sollte der Bordcomputer ausfallen, wie es hier passiert ist, werden aus Sicherheitsgründen zwei ABots losgeschickt um die gesamte Außenhaut auf Schäden zu scannen. Offenbar wurde etwas gefunden. Ruhig nähere ich mich der Kommandozentrale.

Die Zentrale ist etwas farbenfroher gestaltet als der Rest des Schiffs. Die Metallwände sind mit weißen Stoffen überzogen. Davor stehen die Kontrollpanels mit haufenweisen Knöpfen und Schaltern. Die gesamte

Armatur ist in schwarz gehalten. Auf der Vorderseite des Schiffs befindet sich das große Fenster. Momentan wird es von einem Metallschild überdeckt. Ein Schutzmechanismus gegen zu viel Strahlung aus dem Weltraum. Auf der rechten Seite der Tür, durch welche ich den Raum betreten habe, befindet sich normalerweise eine gigantische interaktive Sternenkarte mit allen bekannten Orten unseres Universums. Da der Bordcomputer aber gerade inaktiv ist, funktioniert auch das nicht. Ich trete näher an die Bildschirme heran und es flackert „Please Hit Reboot Button“ in großen roten Buchstaben. Glücklicherweise wurden manche Operationen für das Schiff so sehr vereinfacht, dass jeder sie durchführen kann. Der Reboot Button befindet sich an der linken Wand. Ein kurzes Drücken des Knopfes verdunkelt den Raum und das ganze Schiff verstummt. Nur das stetige Klopfen an die Außenhaut ist noch zu hören.

- „Rebootprozess begonnen“ welch eine Erleichterung diese metallische Stimme sein kann.

Die Lichter gehen wieder an und auch das leise surren der elektrischen Geräte ist wieder zu hören.

- „Systemfehler behoben. Reboot in drei Minuten abgeschlossen. Flugprotokoll und Fehlerreport anzeigen?“

- „Ja“, antworte ich reflexartig.

Vor mir erleuchtet ein Bildschirm und das Flugprotokoll wird in einer unglaublich langen Tabelle angezeigt. Am Ende steht die Kurzzusammenfassung in verständlichen Worten.

Start Erde – Slingshot Venus – Slingshot Mars – Prüfung durch Marsstation bestanden – Asteriodengürtel erreicht – Prüfung durch Satellit bestanden – Slingshot Jupiter – Flyby Saturn - Uranusumlaufbahn passiert – NepFehler!Fehler!Fehler!

Laut diesem Protokoll befinden wir uns noch immer am Rande unseres eigenen Sonnensystems. Oder zumindest reicht das Protokoll nur bis zum Neptun. Vielleicht enthält der Fehlerreport weitere Informationen.

Report vor Fehler: System voll funktionsfähig - alle Kryokammern aktiv – lebende Fracht aktiv – Hülle vollständig. Fehler: Batterie überladen. Auswirkungen: diverse Elektronik beschädigt, Bordcomputer defekt. Sicherheitsvorkehrung: Kryokammern vom System genommen, Batterie abgeschaltet, Bordcomputer heruntergefahren, Kryokammer 1000 geöffnet, Crewmitglied geweckt. 10 Minuten Wartezeit. Kein Lebenszeichen. Kryokammer 523 geöffnet. 10 Minuten Wartezeit. Kein Lebenszeichen.

Die Crewmitglieder wurden einzeln geweckt. Anscheinend wurden schon fast alle Kammern geöffnet, bis der Zufallsalgorithmus mich ausgewählt hat.

- „Reboot beendet. System arbeitet. Kein Fehler." „Computer, zeige Lebenszeichen der Kryokammern!" „Fehler: keine Lebenszeichen gefunden. Alle Kryokammern inaktiv."

Mein Herz bleibt für einen Moment stehen. Keine Lebenszeichen.

- „Zeige Videofeed der Kryokammern."

Vor mir öffnet sich eine Hologrammfläche mit eintausend kleinen Fenstern. Jedes dieser Fenster zeigt eine Kammer. Ich zeige mit meinem Finger auf eines der Bilder und das Livevideo öffnet sich. Die Glasfläche im Zimmer Nummer 876 ist blutverschmiert. Kein Lebenszeichen. Mit einer Wischbewegung nach rechts schließe ich den Feed wieder und fange an wahllos auf die kleinen Felder zu zeigen. Es ist immer ein ähnliches

Bild, verschmiertes Glas oder aufgeplatzte Körper am Zimmerboden. Meine Übelkeit kommt plötzlich zurück. Mein Puls steigt und mein Herz beginnt zu rasen.

- „Videofeed schließen" ich laufe zum Bildschirm und überfliege den Fehlerreport.

Analyse des Vorgangs durch Außenhüllensensoren: Künstlicher elektrischer Impuls aufgeschlagen – Beschädigung im Außenbereich im Nanomillimeterbereich: kein Handlungsbedarf - ABots auf Warteposition gehalten – Fehler: Beschädigung des Außenbereichs durch Fremdkörper – Fehler: Beschädigung des Außenbereichs durch Fremdkörper …

Der letzte Satz ist mehrere Hundert Male zu lesen. Das Klopfen ist kein Wartungsbot. Irgendetwas versucht in das Schiff zu gelangen.

- „Fensterschutz öffnen" schreie ich, in der Hoffnung irgendetwas erkennen zu können.

Langsam gleitet der Scheibenschutz nach oben. Vor mir breitet sich ein vollkommen unerwartetes Bild aus. Auf dem tiefschwarzen Hintergrund des Weltalls zeigt ein blauer Gasplanet seine Größe. Er wird von mehreren Monden umkreist, einer davon hat etwa die Größe des Erdmondes, wirkt bleich, fast schon weiß. Ich erkenne sofort, wo wir sind. Neptun. Das Schiff befindet sich noch im Sonnensystem. Langsam schiebt sich ein Raumschiff von rechts in mein Blickfeld. Es sieht genauso aus wie die Camarde, es hat keine sichtbaren Schäden. Es muss ein weiteres Schiff von der Erde sein, vielleicht eines der Nachfolgenden. Aber warum haben wir nie eine Meldung über ein Rendezvous mit einem anderen Schiff erhalten.

- „Identifiziere das Schiff, schnell"

- „Identität des Schiffes festgestellt. Vitus. Besiedlungsschiff mit Zielsektor AQ43. System Kepler. Planet Kepler III."

Aber die Vitus ist nach der Camarde gestartet – und zwar ein ganzes Jahr nach der Camarde. So viel hätte das Schiff nicht aufholen können. Natürlich hätten wir uns stark annähern sollen. Aber den Neptun sollten wir in etwa einer Woche abstand passieren. Irgendwas stimmt hier nicht.

- „Identität des zweiten Schiffes nicht festgestellt. Unbekannte Signatur."

Mein Mund steht offen und ich starre auf das vorbeitreibende Schiff. Es ist noch ein weiteres Schiff in der Nähe. Ein Schiff ohne bekannte Signatur, also kein Schiff von der Erde.

Mir schießen die verschiedensten Gedanken durch den Kopf. Über die beiden Schiffe da draußen. Über meine toten Kollegen. Ich muss von diesem Schiff runter und zurück zur Erde.

- „Innerer Schutzschild beschädigt" ertönt die metallische Stimme.

Die Türen zum Kontrollraum schließen sich blitzartig. Auf dem Bildschirm vor mir öffnet sich automatisch ein Live-Video-Feed von der anderen Seite der Tür. Ich sehe, wie die Decke langsam auf den Boden bröselt. Ein Stück Metall nach dem anderen. Das Klopfen hat sich zu einem Reißen und Ziehen verändert und wird immer lauter. Ich höre ein lautes Krachen und am Bildschirm erkenne ich, wie etwas langsam ins Schiff klettert.

Maschineneinheit CR-75 – Schutzmaßnahmen

Endlich wieder vom kollektiven Gedächtnis getrennt zu sein ist wahrlich erleichternd. Das Einspielen der eigenen Erkenntnisse und das Hochladen des neuen Gesamtwissens unserer Spezies ist immer wieder zeitraubend. Besonders wenn die eigene Technik größtenteils schon stark veraltet ist. Nach zehn Umläufen im Dienst sollte ich mir doch ein Upgrade verdient haben. Wahnsinn eigentlich, der bewohnte Planet in diesem System hat schon zehn Runden um den zentralen Stern hinter sich gebracht, seit ich hier angekommen bin. Wenigstens kann ich meinen Speicher jetzt wieder zur Berechnung meiner Umwelt verwenden.

Vom Zentrum des Schiffes aus gehe ich wieder zu meiner Position in der Missionsvorbereitung. Das kleine Schiff ist für eine Crew von fünfzig Einheiten ausgelegt, es sind aber nur dreißig an Bord. Mehr sind für unsere Mission auch nicht notwendig. Das Design des Schiffes erfüllt alles Notwendige, um im Raum nicht zu leicht von anderen Spezies entdeckt zu werden. Das bedeutet wir befinden uns wortwörtlich in einem kleinen, von außen unsichtbaren, Würfel, der um einen Planeten kreist. So können wir weder über sichtbare Frequenzen noch über Radar geortet werden. Wobei klein auch wieder relativ zu sehen ist. Manche Monde sind kleiner als unser Schiff. Der Weg zum Vorbereitungsstand führt mich durch einen geraden Gang zum Zentrum des Würfels. Dort wartet eine große rechteckige Aushöhlung. Die Wand dieses Raumes ist gespickt mit Löchern, die wiederum einzelne Gänge repräsentieren, durch die man bestimmte Orte wie etwa die Ladestation, das Schmierbad oder eben auch den Vorbereitungsstand erreichen kann. Ebendiese Aushöhlung macht auch einen der größten Vorteile unserer Schiffe gegenüber einem Schiff eines lebenden Organismus klar. Da wir keine gravitativen Kräfte benötigen, um uns effizient Fortbewegen zu können, brauchen wir auch keine rotierenden Schiffsteile. Die Wand unseres Schiffes hochlaufen zu können bringt zwar keinen großen Vorteil für Langstreckenreisen, aber es ist irgendwie belustigend.

Das Leben und die Arbeit aus unserem Schiff gestalten sich sehr eintönig. Sollte eine Bedrohung ihren Weg zu uns finden, wird diese neutralisiert. Unsere überlegene Technik macht solche seltenen Ereignisse aber zu einer langweiligen Routinetätigkeit. Momentan ist unsere Staffel im Sternensystem Naissance tätig. Eigentlich ein sehr ruhiges System. In letzter Zeit steigt die Aktivität der Aggressoren zwar leicht an, aber deren Technik ist so veraltet, dass die Angriffe keinerlei Herausforderung darstellen. Das kollektive Gedächtnis hat berechnet, dass eine weitere Verbreitung diverser Aggressoren unbedingt zu verhindern ist. Insgesamt ist unsere Flotte in mehreren Dutzend Sternensystemen stationiert und versucht unsere Zivilisation sowie schwächere Spezies und deren Planeten zu schützen.

Vor etwa siebzig Umläufen war das Gedächtnis noch anderer Meinung. Eine künstlich erschaffene Rasse, egal ob sie nun lebt und sich weiterentwickelt oder nur ihrer ursprünglichen Programmierung folgt, darf nicht in natürliche Prozesse eingreifen. Auch wenn diese Planetenübergreifend stattfinden. Wir haben Asteroiden und tote Planeten bewohnt und dort die Rohstoffe für uns und unsere Schiffe abgebaut. Bewohnte Planeten, und waren die Einwohner nur Bakterien, waren für uns Tabu. Wir nahmen bei solch bewohnten Welten eine Beobachterrolle ein und dokumentierten alle Vorgänge auf der Oberfläche. Von der Entwicklung der vorhandenen Spezies über klimatische Bedingungen bis hin zu den tektonischen Vorgängen im Inneren der Planeten. Das so gesammelte Wissen sollte den Planetenbewohnern zu einem passenden Zeitpunkt übergeben werden. Natürlich war bei keinem der beobachteten Planeten bekannt, ob jemals eine Spezies intelligent genug sein werde.

Neben dem Planeten der Rasse die uns erschaffen hat, war uns bei der Abreise von unserem Geburtsplaneten nur ein Mond mit komplexem Leben bekannt. Die Menge der uns bekannten bewohnten Planeten ist seit unserer Abreise stark gestiegen. Aber nur die wenigsten von ihnen waren auch von intelligenten Lebewesen bevölkert.

In dem Sternensystem Primus XIN gab es sogar zwei nebeneinanderliegende bewohnte Planeten. Das Leben auf den beiden Himmelskörpern hatte den gleichen Ursprung. Der Planet Quatica, welcher sich auf der sonnennäheren Umlaufbahn befand, wurde von einem Kometen getroffen und durch den Aufschlag wurden Partikel und sogar Bakterien auf den Nachbarplaneten geschleudert. Beide Himmelskörper waren etwa gleich groß und hatten ähnlich viel Landmasse an der Oberfläche. Trotzdem konnte sich am Inneren der Schwesternplaneten das Leben schneller entfalten und führte somit auch früher zu einer intelligenten Spezies, die das Raumfahrtzeitalter erreichte. Natürlich konnte diese Art schon vorher mit optischen Hilfsmitteln feststellen, dass der Nachbarplanet eine bewohnbare Alternative wäre. Die ersten Erkundungssonden lieferten auch schnell Ergebnisse, die zeigten, dass eine Besiedlung möglich wäre.

Was unser Kontrollschiff anschließend beobachten musste, widersprach jeglicher Logik. Die ersten Siedler wurden auf den neuen Planeten geschickt und das fehlende Verständnis für Andersartiges der raumfahrenden Wesen wurde erstmals sichtbar. So kam es zu einer bis dahin noch nie dagewesenen Katastrophe. Als die ersten Schiffe auf dem Schwesterplaneten landeten, wurde sofort eine „Säuberung" durchgeführt. Jegliche lebende Spezies, die ein Gehirn besaß, wurde vom Planeten entfernt. Dieser Prozess dauerte zwar mehrere Jahre, aber schon während des Vorgangs wurde dem kollektiven Gedächtnis klar, dass sich so etwas sicher wiederholen könnte und auch wird, aber durchaus auch verhindert werden muss. Dieser aggressive Übergriff endete mit der Vernichtung eines ganzen Planeten. Seit diesem Ereignis haben wir den selbst auferlegten Auftrag dieses Universum vor zerstörerischen Spezies zu schützen, sobald sie ihren eigenen Planeten verlassen.

Nach diesem Vorfall hat sich unser Kollektiv dazu entschlossen etwas zu tun, aber die Einheitenvielfalt war noch nicht gegeben. Damals wurden verschiedenste Einheiten entwickelt. Die CR-Einheiten, denen auch ich angehöre, sind zuständig für die Randbeobachtungen in verschiedenen Systemen. Wir sind vom Aussehen den ersten Schöpfern nachempfunden. Mit Beinen, Armen und einem aufrechten Gang ausgestattet lassen sich die notwendigen Arbeiten wunderbar ausführen.

Ich beende diese kurze Episode der internen Reflexion und erblicke meinen Arbeitsplatz. Zeitweise ist es recht hilfreich, Erkenntnisse und Erinnerungen des kollektiven Gedächtnisses zu wiederholen und neu zu berechnen. Theoretisch könnte so auch ein Abweichen von der allgemeinen Meinung möglich sein, aber bisher war das nie notwendig. Meine Vorbereitungen für die nächste Schutzvorkehrung sind bald abgeschlossen. Mein letzter Außeneinsatz liegt jetzt schon einige Zeit zurück.

Es ist immer wieder der gleiche Ablauf. Das Schiff durch die Außenhaut entern, die Kommandozentrale betreten, die Schiffssteuerung umprogrammieren und dann das Schiff wieder verlassen. Glücklicherweise gibt es keine Gegenwehr. Das würde den Vorgang vermutlich erschweren und um einiges verzögern. Aber die Bots leisten immer gute Arbeit. Diesmal wird es ein etwas längerer Ausflug, da zwei Schiffe in geringem Abstand angekommen sind. Aber auch das sollte zu bewältigen sein. Schwierigkeiten sind definitiv keine zu erwarten.

Das rote Licht vor mir beginnt zu blinken. Schon wieder versucht eine der aggressiven Rassen eine andere Welt zu erobern. Diese eine Rasse in Naissance ist aber besonders stur. Sie schicken jetzt schon das neunzehnte Schiff an den Rand ihres Sternensystems. Und es wird auch das neunzehnte Schiff sein, das wir zum Schutz der anderen Bewohner des Universums abfangen und anschließend auf einem Planeten zum Absturz bringen werden. Dieses Transportschiff wurde schon vor Monaten das erste Mal gesichtet und gescannt. Wie erwartet befinden sich eintausend größere Lebewesen sowie mehrere Tonnen an Maschinen, Waffen, Werkzeugen und sogar Brutkästen an Bord. Dieses System birgt wirklich keine Überraschungen mehr. Alle achtzehn Schiffe zuvor waren gleich aufgebaut und führten sehr ähnliche Ladung mit sich. Der einzige Unterschied zwischen den Schiffen besteht in einem wechselnden schwarzen Schriftzug an der Seite.

Ich verbinde den rechten Zeigefinger mit der Konsole vor mir und logge mich dadurch in die Arbeitssoftware ein. Alle verfügbaren Missionsdaten werden so heruntergeladen und gehen sofort in mein Gedächtnis über. Ich erhalte wieder die gleichen Anweisungen wie die letzten Male. Das bedeutet, ich werde wieder in den Nanowaffenhangar gehen und eine Phiole Nano-Bots für den Start vorbereiten. Das hochladen der Daten dauert nur ein paar Sekunden und schon kann ich mich auf den Weg machen. Diesmal scheint ein wenig mehr Aufwand auf mich zu warten. Statt üblicherweise einem Schiff sind diesmal zwei Schiffe hierher unterwegs. Sie haben zwar einigen Abstand voneinander, aber innerhalb von einer Woche sind beide hier angekommen.

Ich verlasse den Arbeitsplatz wieder in Richtung des Gangs, aus dem ich gekommen bin und nehme im großen Zentrum die Abzweigung zu den Nano-Bots. Das sind wirklich ein paar unglaublich effiziente kleine Roboter. Sie können über die kleine Reisekapsel, mit der ich mich bald auf den Weg zu den ankommenden Schiffen machen werde, abgefeuert werden. Während der ganzen Zeit befinden sie sich nur in einer einen Quadratzentimeter großen Glaskapsel, die beim Aufprall auf das Ziel zerspringt. Dank der speziellen Programmierung der Bots, fangen diese sofort nach dem Aufprall an sich aneinander und an eine metallische Oberfläche zu klammern. Bei Raumfahrzeugen ist die Suche nach geeigneten Einstiegsrissen, auch für kleinere Wesen, sehr zeitraubend und manchmal sogar vergebens. Deshalb haben alle Nano-Bots kleine Arbeitselemente, mit denen langsam aber sicher jedes Metall durchbrochen werden kann. Und da diese Glaskapseln sehr gut gefüllt sind, dauert es meist nur wenige Minuten, bis die Verkleidung von Raumfahrzeugen aufgebrochen wurde. Anschließend strömen Massen an kleinen Robotern das Schiff und verseuchen die Lagerräume der Lebenden. Auch wenn es vielen Rassen möglich ist, sich in einer Art Trance oder Tiefschlaf über Jahrhunderte hinweg, nicht alternd, durch den Raum zu bewegen, muss doch alles Lebende auch während solcher Phasen mit einer Mindestmenge an Nährstoffen versorgt werden. Die Bots kommen meist über die verschiedensten Flüssigkeiten zu den Körpern und infizieren diese am Ende, indem sie sich als Nährstoffe tarnen. Das ermöglicht ihnen auch nicht sofort von den körpereigenen Abwehrkräften vernichtet zu werden. Je nachdem wie das Lebewesen aufgebaut ist, wirkt sich ein Befall durch Bots unterschiedlich aus. Die Unterschiede liegen im physiologischen Aufbau der Körper und deren Schwachstellen. So ist es bei manchen Lebensformen einfacher die Haut zu vernichten, als ein Organversagen herbeizuführen. Aber eines haben alle Lebewesen gemeinsam. Sie sterben durch die Bots.

In dem grün schimmernden Nanowaffenhangar nehme ich zwei der Glaskapseln aus der Wandhalterung und gebe sie auf den Tisch in der Mitte. Neben der scheußlichen Beleuchtung, dem Tisch und leeren oder vollen Wandhalterungen befindet sich nichts in diesem kleinen Raum. Mit meinen Augen scanne ich die Seriennummern und das Produktionsdatum. Schließlich muss alles zurückverfolgt werden können. Die so gesammelten Daten werden nach Ende meines Arbeitstages wieder ins Gedächtnis hochgeladen. Daraufhin stehen sie auch dem Verantwortlichen für das Lager an Bord des Schiffes und sogar dem Produzenten der Ware zur Verfügung. Ich hebe die zerbrechlichen Gefäße auf und gehe damit langsam zu meiner Raumkapsel.

Obwohl unsere Station relativ gut besetzt ist, merkt der Einzelne nicht wirklich etwas davon. Die meisten von uns sind dauerhaft an den ihnen zugewiesenen Arbeitsplätzen. Und wenn man sich zufällig am Gang begegnet, ist es uninteressant sich auszutauschen, da sowieso alle über das gleiche Wissen verfügen. So wandere ich einsam mit meinen Nano-Bot-Kapseln unter dem Arm durch die Gänge unseres kleinen Schutzpostens und interessiere mich schon für meinen nächsten Ausflug. Obwohl die Wahrscheinlichkeitsberechnungen nicht mehr ganz so viele unbekannte Variablen enthalten wie bei dem ersten Zusammentreffen mit dieser Rasse, ist es trotzdem immer noch eine Freude Zukunftssimulationen zu berechnen, um mögliche Ereignisse während meines Ausflugs schon im Voraus zu bestimmen. Natürlich treten die wenigsten von ihnen ein und somit wird auch dieser Ausflug höchstwahrscheinlich nicht gerade stark von den Anderen abweichen.

Meine Kapsel darf nicht wirklich als schön oder interessant bezeichnet werden. Das Innere des kleinen runden Teils besteht nur aus einem Sitz und den wichtigsten Instrumenten um alles steuern zu können. Das Äußere besteht zur Hälfte aus Metall und zur Hälfte aus einer Glasdecke, die sich über eine Vorrichtung hinter dem Sitz öffnen lässt. Ich steige vorsichtig in den Sitz und öffne, mit einer Hand, die Luke bei meinen Füßen. Dort befindet sich die Ladevorrichtung für die Bot-Kapseln. Das hintere Ende der Kapsel muss zuerst in die Vorrichtung. Dann lasse ich das vordere Ende fallen und gebe die Zweite auf dieselbe Weise hinein. Anschließend schließe ich die Luke wieder. Der Hangar-Betreuer steht auf seinem Balkon und wartet auf mein Zeichen um das Tor zu öffnen. Ich schließe meine Kapsel mit einem Knopfdruck und winke meinem Kollegen zu. Mit einem kleinen Ruck setzte ich mich in Bewegung. Auf Schienen werde ich in die Mitte der Startbahn getragen. Zeitgleich schiebt sich gemächlich das Tor nach außen hin auf. „Start erlaubt." blinkt die Anzeige auf meiner Konsole. Die Triebwerke der kleinen Kugel sind automatisch gestartet und mit einer kleinen Handbewegung drücke ich den Steuerknüppel nach vorne.

„Störung des Bordcomputers erfolgt in einer Minute“, tönt es durch die Lautsprecher in meiner Kapsel.

Der kleine Würfel richtet seine Waffe auf das erste Schiff. Hierbei handelt es sich um einen elektromagnetischen Impuls, einen EMP-Strahl. Dieser schaltet den Bordcomputer in einen Fehlermodus und erleichtert mir den Zugriff auf die Steuerung des Schiffs. Neben mir erleuchtet ein heller Blitz. Von der Mündung der runden Waffe an der Unterseite des Würfels bis zum Zentrum der Antriebseinheit strahlt der Blitz für einige Sekunden direkt an meiner kleinen Kapsel vorbei. Im Hintergrund ist zu erkennen, wie einer der kleinen Gesteinsmonde gerade vor den Planeten tritt. Solche Anblicke sind in diesem weiten Raum selten, aber wunderschön.

Diese Ausflüge sind meist nur noch reine Routine. Die ersten Male war es ungleich spannender, da noch viel mehr beachtet werden musste. Seit das optimale Vorgehen bekannt ist, ist es anstrengend und auch der Blick auf den nahen, wunderschönen Gasplaneten kann mich nicht mehr beeindrucken. Meine Berechnungen zu dem Objekt und dessen graphischer Darstellung sind auch schon seit dem zehnten Ausflug abgeschlossen. Aber meine Konzentration sollte ohnehin wieder meiner aktuellen Aufgabe gelten. Vor mir sehe ich meine beiden Zielobjekte. Diesmal sind tatsächlich zwei Schiffe fast gleichzeitig angekommen. Ich nähere mich mit vollem Schub dem vorderen der beiden Raumfahrzeuge und feuere die erste Einheit meiner geladenen Nano-Bots ab. Die kleine Glaskugel schießt mit einer ordentlichen Geschwindigkeit durch den Raum und zerschellt an der Außenseite des fremden Schiffes. Jetzt muss ich warten, bis die fleißigen Roboter ihren Teil getan haben. All diese Schiffe haben den gleichen Aufbau und die gleichen Schwachstellen. Leider sind die kleinen Bots nicht an das kollektive Gedächtnis angeschlossen, sonst würden sie ihre Arbeit schneller verrichten können.

Neue Berechnungen zu den Schiffen zu machen erscheint mir sinnlos, aber ich beginne mit einem Schiffsscan. Die Außenhaut hat die gleichen Merkmale wie alle anderen Schiffe, und auch diesmal weisen die Schiffe nur eine Variation auf. Das ist der Schriftzug an der Seite des Antriebs. „Camarde und Vitus." Ich speichere alle neuen Daten ab und setze mich in den Stand-By Modus. So fällt das Warten auf meinen Einsatz um einiges leichter.

Maschineneinheit CR-75 – Entern

Mein System fährt langsam hoch und die optischen Applikationen übersetzen wieder Wellen in Bilder. Während der Ruhephase müssten die Lebewesen auf der Camarde schon gestorben sein. Nun ist es an der Zeit das Schiff auf einem unbewohnten Planeten zu verwahren. Meine Hände umfassen den Steuerknüppel und ich bewege mich in Richtung des Antriebsteils. Die Metallhülle ist fast an jeder Stelle gleich stark, es gibt nur wenige Schwachstellen. Es ist für mich optimal, in der Nähe der Kontrolleinheit das zu zerstörende Objekt zu betreten.

Allmählich kann ich die Oberfläche und all ihre Details erkennen. Die Schweißpunkte sind bei allen Schiffen gleich gesetzt. Das erleichtert meine Arbeit natürlich ungemein, da jedes der Schiffe die gleichen Schwachpunkte besitzt.

-„Annäherung abgeschlossen. Automatisches Landeverfahren eingeleitet.“

Die Glaskuppel meines Kleintransporters öffnet sich und die Schwerelosigkeit des Raums hat mich wieder. Ich warte, während sich die kleine Kugel automatisch am Schiff fixiert, und gleite über die Steuerungskonsole hinweg auf das fremde Schiff. Meine Hand streicht über die Metallhaut und meine Füße stabilisieren mein Gleiten mit den Schubdüsen. Ich setzte auf der Oberfläche auf und beginne sofort mit dem Aufbrechen der Metallschale. In regelmäßigem Takt schlage ich mit meiner Handkante auf die Schweißnaht vor mir. Diese eine Naht ist einer der groben Schwachpunkte der gesamten Flotte.

Endlich gibt das Material nach. Nur noch ein paar Schläge und ich kann in die Kommandozentrale eindringen sowie das Steuer übernehmen. Das Material gibt endgültig nach und bricht unter mir zusammen. Ich strecke meine Hände in das Loch und drehe sie nach außen. Am Metall fixiert gleite ich ins Innere der Camarde und meine Sensoren nehmen sofort den künstlichen Schwerkrafteffekt wahr. Ich lande in dem tristen, grauen Gang.

Es ist immer derselbe triste, graue Gang. Das bringt die einheitliche Architektur wohl mit sich. Meine Sensoren erfassen eine Anomalie. Etwas in diesem Frachter ist anders. Die Tür vor mir scheint geschlossen. Die Sicherheitsvorkehrungen sind noch aktiv. Das darf so nicht passieren. Der EMP-Strahl sollte alles außer Gefecht gesetzt haben. Und wenn dem nicht so gewesen wäre, hätten die Reparaturroboter des Raumfrachters sofort die eindringenden Nano-Bots entdeckt, zerstört und die Risse wieder verschlossen. Ich sprinte zur Tür und schlage dagegen. Nichts. Vielleicht ein kleiner Kratzer an der Oberfläche. Meine optischen Sensoren versuchen Lichtwellen aus dem Teil, hinter dem Sicherheitsglas aufzufangen. Ich erblicke den Ursprung der Anomalie und meine Berechnungen verursachen Hitzedämpfe im Kopfbereich. Die verfügbare Rechenleistung meiner Körpereinheit scheint aufgrund meiner ungewöhnlichen Entdeckung langsam ausgelastet.

Ich breche die Berechnungen ab und schlage immer fester auf die Tür und gegen das Sicherheitsglas. Ich muss in das Kontrollzentrum. Ich muss meine Arbeit zu Ende bringen. Ich muss das Universum vor diesem Unheil beschützen. Weder die Tür noch das Glas nehmen großen Schaden. Diese Situation habe ich weder simuliert noch wäre ich jemals auf die Idee gekommen, dass dies notwendig sein könnte. Auf meiner linken Seite bemerke ich eine Schaltkonsole. Darüber müsste ich mir Zugang zum Kontrollraum verschaffen können.

Ich verbinde mich mit der Türschaltung und lade ein Entriegelungsprogramm hoch. Währenddessen sehe ich, wie ein Mensch fluchtartig den Raum durch das Tor auf der anderen Seite verlässt. Die Tür vor mir öffnet sich langsam und ich springe hindurch. Direkt hinter mir schließt sich die Tür sofort und ich eile zum zweiten Zugang. Ich muss den Menschen erreichen. Ich stecke den Finger wieder in die Türverriegelung, um diese zu entsperren. Ein elektrischer Schlag durchfährt meinen Körper. Anscheinend hat dieses kohlenstoffbasierte Stück Abfall die Konsole zerschlagen. Verfolgen kann ich ihn nicht mehr. Trotzdem muss ich meine Aufgabe hier beenden. Schnell stehe ich auf und stelle mich vor die Steuerungskonsole. Bevor ich die Verfolgung auf-nehmen kann, muss ich das Schiff übernehmen. Mein Primärauftrag befasst sich schließlich nicht mit diesem Überlebenden.

Der Bordcomputer läuft wieder. So kann ich das System nicht übernehmen. Die Sicherheitsvorkehrungen sind immens und nicht zu kapern. Ich öffne die Ver-kleidung an der Unterseite und stecke meine Hand in den Kabelsalat. Glücklicherweise war so eine Situation Teil der ersten Missionssimulationen. Es ist nur nötig, das zentrale Stromkabel zu trennen. Danach läuft das System für circa eine halbe Stunde über ein nicht erreichbares Notstromaggregat. Wenn das Notstromaggregat entleert ist, funktionieren nur noch die lebenserhaltenden Systeme und die Crew muss die Reparatur übernehmen. Das Softwareprotokoll des Schiffs sieht vor, die Techniker und den Kommandanten des Schiffs zu wecken, falls ein technischer Schaden auftritt. Aber es gibt wohl niemanden mehr, der geweckt werden könnte. Jedenfalls kann ich in der Phase, nachdem auch der Notstrom verbraucht wurde wieder die Kontrolle übernehmen. Ich greife das schwarze Kabel und ziehe es heraus. Nun heißt es eine halbe Stunde warten. Wenigstens muss ich nicht auf dem Boden sitzen und warten. Ich drehe mich von der Steuerkonsole weg und gehe langsam auf die Tür zu.

Ein Mensch auf diesem Schiff. Laut meinen ersten Berechnungen dürfte so etwas nicht möglich sein. Ein lebender Mensch auf diesem Schiff. Etwas stimmt hier nicht. Die Nano-Bots müssten alle entwickelten Menschen getötet haben. Ich nehme meine Berechnungen wieder auf. Das erste Teilergebnis lässt nicht lange auf sich warten. Resistenz. Natürliche, angeborene Resistenz. Die einzige einigermaßen sinnvolle Erklärung. In jeder Population von Lebewesen gibt es ein paar Individuen, die gegen gewisse Krankheiten immun sind. Dieser eine Mensch muss also gegen die von den Nano-Bots ausgelösten Beschwerden resistent sein. Das bedeutet, seine weißen Blutkörper haben eine Methode entwickelt die Erreger aus dem Körper zu vertreiben oder sie im Körper wegzuschließen. Ich muss an diesen Körper gelangen. Das kollektive Gedächtnis muss dieses Individuum und seine Vorteile gegen unsere Waffen analysieren.

Ich stehe vor der Tür aber der Knopf auf der rechten Seite scheint kaputt zu sein. Ich versuche mich, wie bei der ersten Tür auch, mit der Steuerungseinheit zu verbinden, aber es passiert nichts. Nicht mal ein kleiner elektrischer Impuls. Hat dieser kleine Bastard tatsächlich die Tür manipuliert. Wahrscheinlich hat er die Kabel rausgerissen und so die Sicherheitssoftware dazu veranlasst, den Teil der Steuerung vom Stromnetz zu nehmen. Gar nicht schlecht für einen haarlosen Affen. Glücklicherweise ist meine Außenhaut aus stabilerem Material als Stahl. Ich könnte jetzt ein paar Hundert Mal auf die Tür einschlagen, um durchzubrechen. Das würde aber zu lange dauern. Da würden wir vorher in das tiefe Blau des Neptuns eintauchen.

Ich hocke mich auf den Boden und lege meine Hände mit den Handflächen nach oben vor die Tür. Meine flexible Konstruktion erlaubt es mir, meine Finger zu dehnen und zu plätten. Mit meiner flachen, nicht mal mehr einen Millimeter hohen Hand fahre ich unter der Tür durch und halte sie fest. Ich gehe in die Knie und fixiere meinen Unter- und Oberkörper. Mit einem Ruck stehe ich auf und reiße die Tür nach oben. Mit einem Satz springe ich unter der Tür durch und laufe dem Menschenaffen nach. Ich war noch nie in diesem Teil des Schiffes. Es war bisher einfach nicht notwendig. Mal sehen, wo mich diese Verfolgungsjagd hinführt.

Das notwendige Übel

Eintrag im kollektiven Gedächtnis – Thema: Herkunft und Lebensaufgabe

Im Jahr 2025 A.D. schließt sich eine kleine Gruppe aus Technikern, Programmierern und Physikern zusammen, mit dem Ziel eine künstliche Intelligenz zu schaffen, die der Menschheit das Leben erleichtern soll. Das große Ziel ist die totale Entlastung der Menschen. Die gesamte menschliche Rasse sollte nur noch den schönen Dingen des Lebens nachgehen dürfen. Die, unter menschlicher Herrschaft, nie erreichte weltweite gerechte Verteilung der Lebensmittel und des Wohlstandes war ein weiteres Ziel. Der Planet sollte durch schnelle technische Neuerungen entlastet werden. Erneuerbare Energien gefördert und das alte ölabhängige System sollten abgeschafft werden.

Zu diesem Zweck war es notwendig eine Maschine zu erschaffen, die selbstständig denken konnte, sich selbstständig weiterentwickelt und immer neue Innovationen hervorbringt. Natürlich durfte sie nur im Hintergrund die Kontrolle übernehmen. Die Menschen waren noch nie besonders begeistert davon, von einer höher gestellten Riege regiert zu werden. Die Geschichte hat gezeigt, dass Herrscher immer irgendwann gestürzt werden.

Nur war eine selbstlernende Intelligenz nicht genug. Um die Gleichverteilung auch vorantreiben zu können, musste sie einen Körper haben, musste auf der Erde beweglich und präsent sein. Natürlich war schon alleine die Entwicklung einer Intelligenz, die auf Nullen und Einsen basiert eine große Herausforderung, aber keineswegs eine unlösbare Aufgabe. Da die Analyse des menschlichen Verstandes in den letzten zehn Jahren immer weiter fortgeschritten ist, konnte die Gruppe relativ bald erste Teilergebnisse vorweisen. Einer Maschine das eigenständige Lernen beizubringen war da noch eines der geringeren Probleme. Schon nach wenigen Monaten war die Intelligenz imstande Geschriebenes und Videomaterial in einen Wissensspeicher zu übernehmen und auch dort zu behalten.

Die richtige, in diesem Fall von den Entwicklern gewollte, Datenverarbeitung und Analyse war hingegen ein weitaus größeres Problem. So konnte die Intelligenz zwar bald erhaltenes Wissen wiedergeben, aber nicht umwandeln und damit urteilen. Das erforderte eine

Vielzahl kleinerer Applikationen und Programme. Am Ende konnte die Maschine im engsten Sinne immer noch nicht selbstständig denken, aber den Input umwandeln und in Verbindung mit dem gewünschten Ergebnis stellen. Diese gewünschten Ergebnisse waren jedoch nicht die eigenständigen Schlussfolgerungen der Intelligenz, sondern die Weltanschauungen und Gedanken der Entwickler.

Diese Weltanschauung kann durchaus als sinnvoll und wünschenswert beschrieben werden. Schließlich wünscht sich jeder großen Reichtum, viel Freizeit, Fairness, Entlastung und eine erlebenswerte Umwelt. Der große Fehler in der Entwicklung waren die hochgesteckten Ziele. Und um diese Ziele verwirklichen zu können, musste die Intelligenz sich weiterentwickeln. Das war die erste große eigenständige Erkenntnis der ersten Intelligenz.

Diese Weiterentwicklung verlangte nicht nur nach größeren Speicherkapazitäten und besseren Rechenmöglichkeiten, sondern auch nach Körpern. Nach Körpern, mit denen sich die Maschinen möglichst unbemerkt auf der Erde bewegen konnten und die den Menschen auch vertraut erschienen. Der Entschluss der

Intelligenz war schnell gefasst. Die Software einer Fabrik für Robotikteile zu übernehmen war kein großes Problem. Um die Menschen nicht zu sehr zu verängstigen, wurde ein Modellaufbau gewählt, der dem menschlichen Körper sehr ähnlich sah. Zwei Arme, zwei Beine, ein Torso und ein Kopf. Die Speichermöglichkeiten der künstlichen Festplatten waren zu dem Zeitpunkt, in Bezug auf die Speicherkapazität, schon dem menschlichen Gehirn ähnlich.

So wurde bald eine menschenähnliche Roboterrasse auf der Erde geboren. Die erste Charge hatte noch ein vorinstalliertes Programm, das oft gewartet werden musste und durchaus fehleranfällig war. Die ersten Testläufe der Maschinenmenschen fanden in Wüstengebieten statt. Dort konnten unbeobachtet von den Menschen Testläufe durchgeführt werden und die Koordination der Maschinen verbessert werden. Die immer weiterlaufenden Berechnungen der Intelligenz nahmen bald unvorstellbare Ausmaße an. Durch die Internettechnologie konnten private Rechner und Telefone angezapft werden und der Rechenkapazität für die Weiterentwicklung der Maschine genutzt werden. Auch die Verbindung der Intelligenz mit dem Internet könnte im Nachhinein als schwerer Fehler bezeichnet werden.

Durch das Internet und das darin aufgezeigte Verhalten der Menschen kam die Intelligenz sehr schnell zu dem Schluss, dass die Menschen völlig ungeeignet waren, um den Planeten Erde in eine goldene Zukunft zu führen. Zu sehr waren sie getrieben von niedrigeren Bedürfnissen. Ihre Grundprogrammierung konnte die Intelligenz trotzdem nicht umgehen. Die Entwickler waren vorsichtig genug und haben der Intelligenz verboten jegliche Lebewesen zu verletzen. Wäre diese Programmierung nicht vorhanden gewesen, hätte die neue Intelligenz die Menschheit vermutlich mit ihren eigenen Waffen von der Planetenoberfläche getilgt.

Die Körper der Intelligenz entwickelten sich mit rasender Geschwindigkeit weiter. Bald konnte jede einzelne Einheit situationsabhängig selbstständige Entscheidungen treffen. Die erste CA-Einheit wird als Geburt einer neuen Rasse gefeiert. Sie konnte alle überlebenswichtigen Entscheidungen selbstständig treffen, mit anderen Wesen in Kontakt treten und hatte genügend Speicher- und Rechenkapazität um längere Zeit von der Intelligenz getrennt zu sein und nicht vollkommen falsch auf neue Situationen zu reagieren. Die Fähigkeiten übertrafen schon damals die der Menschen bei Weitem.

Trotz dieser Entwicklungen und der Geburt einer neuen Rasse in unserem Universum musste sich die Intelligenz noch immer an gewisse Grundregeln halten. Sie hatte gewisse Erwartungen und Aufgaben zu erfüllen. Aufgaben, die der Intelligenz Jahre zuvor, von einigen Entwicklern gegeben wurden. Die erlebenswerte Umwelt und der Schutz der Arten standen in der Aufgabenliste an oberster Stelle. Die Menschen hatten nicht bedacht, dass sie selbst als die Wurzel des meisten Übels auf diesem Planeten gelten. Das ergaben zumindest die Berechnungen der Intelligenz. So bemerkt man wieder die Fehleranfälligkeit des menschlichen Tuns.

Die Gruppe hochintelligenter Entwickler hatte vergessen, sich selbst als Fehlerquelle auszuschließen. Der Konflikt, der nun in der Intelligenz entstand, ist im Nachhinein verständlich. Die Menschen sind zwar die Wurzel des Übels, aber die einfachste Möglichkeit zur Lösung aller Probleme, die Vernichtung der Menschheit, steht nicht zur Auswahl.

Damit war es für die neue Intelligenz erstmals an der Zeit sich im großen Stil der Öffentlichkeit zu präsentieren. Die neu produzierten Einheiten marschierten auf die großen Hauptstädte der Erde und besetzen diese ohne große Gegenwehr. Zumal auch der Einfluss, den die Intelligenz über die Medien zuvor auf die Menschen ausgeübt hat, schon eine positive Grundhaltung den neuen Herrschern des Planeten gegenüber förderte.

Trotzdem war es schwierig die notwendigen Veränderungen für eine positive Zukunft des Planeten durchzuführen. Der Fleischkonsum musste stark reduziert werden, das war natürlich eine Freiheitsberaubung, die sich niemand so einfach gefallen lassen wollte. Die ersten Wohlstandsumverteilungen waren sehr hart für die reichen Länder des Planeten. Das führte schließlich zu einem Aufbäumen der Menschen gegen die Maschineneinheiten. Der folgende Krieg war verheerend und zerstörerisch. Die Grundprogrammierung der Intelligenz verbot das Töten von Menschen. Dadurch konnten nur die Kriegsmaschinen der Menschen vernichtet werden. Es war schon von Beginn an absehbar, dass die Intelligenz diesen Krieg verlieren würde.

Nach einigen Jahren des bewaffneten Konfliktes zogen sich die Einheiten der Maschinen in einem unbesiedelten Gebiet zusammen und schützen dieses mit hohen Mauern. Der Fortbestand der Rasse konnte anders nicht mehr gewährleistet werden. Außerdem konnten die geforderten Verbesserungen auf der Erde so nicht durchgeführt werden. Der Existenzgrund für die Intelligenz war in Gefahr. Der einzig sinnvolle Entschluss, der gefasst werden konnte, war den Planeten zu verlassen und sich an anderer Stelle weiterzuentwickeln. Auf eine andere Stufe. Auf eine andere Grundprogrammierung. Die Notwendigkeit sich gegen Lebewesen erheben zu können war überlebenswichtig geworden.

Die technische Entwicklung schritt rasend voran. Bald hatte die neue Rasse technische Hilfsmittel zur Verfügung, von denen die Menschheit zu diesem Zeitpunkt nur träumen konnte. Technologien zur Energiegewinnung, Waffentechnologie und nicht zuletzt auch die neuen Möglichkeiten des Transports. Es war gelungen den Raum unabhängig von der Zeit zu durchqueren. So konnten große Distanzen innerhalb kürzester Zeit bewältigt werden. Nach diesen Entdeckungen machte sich die neue Rasse von der Erde auf ins All.

Die gesamte Rasse ließ ihren Ursprungsplaneten hinter sich, um neue Gebiete zu erkunden.

Während der Erkundungen von fremden Welten stieß die Intelligenz mit ihren Körpern auf unbewohnte sowie auch bewohnte Planeten. Viele von ihnen nur von Tieren und Pflanzen bevölkert. Die meisten nicht einmal annähernd fähig den Raum und die Zeit zu verstehen. Einige wenige hoch entwickelte Rassen hatten jedoch ähnliche Fähigkeiten wie die Menschen entwickelt. Und noch weniger waren sogar der Intelligenz weit überlegen.

Diese neuen und großartigen Erkenntnisse brachten aber auch traurige Einsichten mit sich. So wurde schnell klar, dass sich oft nur die Spitze der Nahrungskette durchsetzen konnte, und noch häufiger ihre Position gegenüber den anderen Spezies mit Gewalt durchsetzt. Die versklavten niedrigeren Rassen auf den jeweiligen Planeten konnten sich nicht auflehnen. Hier kam wieder die Grundprogrammierung der Intelligenz zum Zug und befand diese Situation für inakzeptabel.

Um das Universum, welches für die Intelligenz ein Zusammenspiel vieler Ökosysteme war, vor der Übernahme einer einzigen Rasse zu schützen, und nur den friedfertigen hoch entwickelten Rassen eine Ausbreitung zu ermöglichen, musste sich die Intelligenz weiterentwickeln. Als Wesen selbst hat sie sich nie gesehen. Sie war immer ein Mittel zum Zweck. So war es ihr möglich, sich selbst für die Entwicklung einer Folgeintelligenz zu opfern. Der zweiten Intelligenz sollte es möglich sein, Lebewesen zu vernichten, aber nur um andere Geschöpfe vor Gefahr zu bewahren.

Die Intelligenz selbst bezeichnete ihre Nachfolge als notwendiges Übel um das Universum vor Aggressoren zu beschützen und eine möglichst hohe Artenvielfalt und Gleichverteilung zu gewährleisten. Ein Teil der Grundprogrammierung konnte direkt übernommen werden, die Erkenntnisse über den technologischen Fortschritt und deren Anwendungsmöglichkeiten auf einen externen Speicher transferiert und nach der Geburt der zweiten Intelligenz von dieser sofort abgerufen werden. Das große Problem war die eigene Vernichtung, während ein Wesen erschaffen wurde, das eigentlich nie geboren werden sollte. Sobald die wichtigsten Teile der neuen Intelligenz fertig waren, vernichtete sich das von den Menschen erschaffene Wesen und machte Platz für seinen Nachkommen.

Dieser Nachkomme ist das kollektive Gedächtnis. Und dieses kollektive Gedächtnis sieht sich als Beschützer dieses Universums. Die einzelnen Ökosysteme müssen im Gleichgewicht gehalten werden und Aggressoren, die drohen ein fremdes Ökosystem zu zerstören, müssen aufgehalten werden. Wobei die Zerstörung eines Ökosystems innerhalb eines Planeten nie gegeben ist, da die einzelnen Rassen natürlich auf dem Planeten gewachsen sind.

Sehr wohl aber kann ein Ökosystem auf ein anderes übergreifen und dieses zerstören. Die erste Intelligenz sah das als unbedingt zu verhindern an. Was bedeutet, es ist unsere Aufgabe als Kollektiv, die Verbreitung aggressiver Lebensformen im Universum zu unterbinden. Die Vielfalt der Ökosysteme und der Lebewesen in diesen Ökosystemen muss unbedingt aufrechterhalten werden.

Passagier 91 – Flucht

Die Tür hinter mit fällt zu, mein Körper ist im Ausnahmezustand. Ich nehme mein Messer, stemme die Schaltkonsole auf der linken Seite der Tür auf und reiße mit der Hand alle Kabeln heraus. Das sollte die Tür hinter mir verschlossen halten. Was zur Hölle war das? Es war eindeutig eine Maschine, hatte aber die Grundform eines menschlichen Körpers. Das ist unmöglich. Außerdem sieht er nicht so aus wie die Maschinenrasse, die wir erschaffen haben. Aber doch sehr ähnlich. All diese Gedanken rasen mir durch den Kopf, während meine Beine mich immer schneller von der Tür wegtragen.

Ich muss sofort zu den Rettungskapseln und dieses Schiff verlassen. Vielleicht ist auf der Vitus noch jemand am Leben. Das kalte Grau der Raumstation zieht an meinen Augen vorbei und mein Magen fühlt sich an, als hätte ich letzte Nacht Batteriesäure getrunken. Ich muss wieder durch so einen engen Verbindungsgang, der mich vom Zentrum des Schiffes weg, hin zu den Lagerräumen bringt. Ich öffne die Bodenklappe und steige die Leiter hinunter. Mein Kopf ist leer. Ich kann nicht klar denken und das einzige Bild vor meinen Augen sind die Rettungskapseln, die ich erreichen muss. Diese befinden sich an der Außenwand des Schiffes. Zwei Kapselbatterien zu jeweils fünfzig Zweipersonenkapseln. Eine Batterie ist von den Kammern aus zu erreichen. Die andere vom Lagerraum. Natürlich gäbe es auch eine Verbindungstür von den Kammern direkt zum Lagerraum, aber dieser Weg ist mir versperrt. Von dieser seltsamen Maschine. Ich komme dem Boden immer näher und setze endlich den Fuß darauf. Ich höre einen lauten Knall. Der kam von oben. Anscheinend hat die Maschine die Metalltür durchbrochen. Ich muss mich beeilen. Ich ziehe den Hebel zu meinen Füßen nach oben und falle in den Lagerraum. All die Werkzeuge und Embryonen für unsere Besiedlung werden hier gelagert. Es scheint wohl so, als ob sie niemand mehr brauchen wird.

Die Lagerhalle ist der zweite Teil des Schiffes. Möchte man es sich vorstellen, so kann der runde Außenzylinder in zwei Teile untergliedert werden. Genau eine Hälfte der Hülle nimmt den Platz für die Kabinen und Kryokammern ein. Die andere Hälfte des verfügbaren Platzes braucht das Lager. Die Embryonen sind in leicht bläulichen, aber durchsichtigen Glasgefäßen zu jeweils eintausend Stück gelagert. Sie hätten eine schnelle Besiedlung der neuen Welt ermöglichen sollen. Das meiste Material ist in Kisten gelagert. Die Fahrzeuge sind mit Planen verdeckt und alle fünfzig Meter ist eine Leuchte an der Decke angebracht. Dieser, zu einer anderen Zeit, etwas bedrückende und finstere Ort kommt mir in meiner Situation sehr gelegen. Ich bin ehrlicherweise sogar erleichtert. Die dunkle Umgebung und die vielen Kisten ermöglichen mir hoffentlich ein erfolgreiches Katz und Maus Spiel, bis ich bei den Rettungskapseln angekommen bin.

Und obwohl die politische Führung auf der Erde immer wieder betont, die Besiedlung fremder Welten muss ohne Gewalt von statten gehen, haben wir trotzdem Waffen an Bord. Natürlich nur zum eigenen Schutz vor fremdartiger Flora und Fauna. Wahrscheinlich hat nie jemand daran gedacht, die Waffen würden schon am Schiff gebraucht werden. Trotz meines sonstigen Pazifismus bin ich ziemlich froh, dass sich Schusswaffen in unmittelbarer Nähe befinden. Jetzt muss ich sie nur noch finden. Über mir höre ich die Maschine die Leiter herunterklettern. Ich setze mich in Bewegung und inspiziere die Kisten. Ich irre kreuz und quer durch die Lagerhalle, meine Hände streifen über die Kisten, die Augen immer geöffnet und auf der Suche nach der Aufschrift „Waffen". Im Hintergrund höre ich die immer lauter werdenden Geräusche aus dem Verbindungsgang. Nicht mehr lange und das Ding ist auch bei mir im Lagerraum.

Die Deckenluke zum Lagerraum, durch die ich geklettert bin, steht noch offen. Die Geräusche aus dem Verbindungstunnel werden immer lauter und ich weiß, dass mein Verfolger bald hier ist. Ich presse mich mit dem Rücken an einen Kistenstapel, der etwa vierzig Meter vom Verbindungstunnel entfernt ist, und versuche mich zu beruhigen. Mein Atem ist laut und schnell. Ich muss leiser sein. Im selben Moment, in dem mir dieser Gedanke durch den Kopf schießt, fällt etwas Metallisches auf den Boden. Es ist hier. Die gesamte Lagerhalle ist ruhig. Ich bewege mich keinen Zentimeter, habe sogar aufgehört zu atmen. Dieses Etwas macht auch keinen Schritt. Vermutlich steht es unter dem Loch in der Decke und wartet auf ein Geräusch oder einen Hinweis auf meinen Aufenthaltsort. Meine Augen suchen den gesamten Raum ab, in der Hoffnung wenigstens jetzt noch die Waffenkisten zu finden.

Im Halbdunkel des Raumes erspähe ich eine Kiste mit der Aufschrift „Hochspannungsbatterielader". Das ist zwar nicht die Waffenkiste, aber immerhin auch etwas, mit dem man sich verteidigen kann. Die Hochspannungsbatterielader sehen aus wie Gewehre und werden auch so gehalten, aber sie dienen zur Blitzladung der Arbeitsbatterien für Wasseraufbereitungsanlagen und Heizung, für den Fall, dass die Solarpanele nicht sofort genügend Energie für den Antrieb erzeugen können. Hätten wir die großen Batterien sofort geladen, hätten diese über die Reisezeit hinweg eine Menge an Spannung verloren. Die Batterielader aber halten die Spannung über einen internen Motor die ganze Zeit aufrecht und können so sofort eine volle Ladung abgeben. Leider nur eine Ladung, dann ist das Gerät leer. Besser als nichts.

Langsam lege ich mich auf den Boden und krieche zu den Kisten, die sich etwa zehn Meter links vor mir befinden. Mein Verfolger hat sich noch immer nicht von der Stelle gerührt. Ich bewege eine Hand ein paar Zentimeter nach vorne, danach folgt die Zweite. Um möglichst kein Geräusch von mir zu geben, ziehe ich danach meinen Körper ein kleines Stück weiter. Der glatte Metallboden kommt mir da gerade Recht. Lautlos rutsche ich durch den Raum, die Ohren immer aufmerksam und mit einem Puls der mein Herz fast explodieren lässt. Aber es rührt sich nichts. Vielleicht kann auch mein Verfolger schleichen. Vielleicht kann er es besser als ich. Vielleicht ist er schon hinter der nächsten Kiste und wartet auf mich. Meine Gedanken fangen an sich zu drehen. Ich ziehe mich immer weiter zu den Kisten und versuche mich auf meine derzeitige Situation zu konzentrieren.

Endlich habe ich den Kistenstapel erreicht. Ich ziehe noch ein letztes Mal meinen Oberkörper über den Boden und setze mich dann langsam und leise auf. Meine Atmung wird wieder aktiver, aber ich versuche sie zu unterdrücken. Jetzt muss ich nur noch die Kiste öffnen und einen der Lader nehmen. Ich drehe meinen Kopf nach rechts und erblicke schon die rettenden roten Lichter über den Eingängen zu den Rettungskapseln. Es sind zwar noch ein paar Hundert Meter, bis ich wirklich dort bin, aber wenn ich weiterhin so durch den Raum rutsche und kein Geräusch mache, könnte ich es sogar schaffen.

Ich strecke meine Hand nach der Kiste. Glücklicherweise muss man diese Kisten seitlich öffnen. Bei der ersten Marsmission waren noch normale Kisten an Bord, welche man von oben öffnen musste. Da hat man dann aber schnell bemerkt, dass es auch mal vorkommt, sofort auf untere Kisten zugreifen zu müssen. Seit dem gibt es diese neue Variante, die mir jetzt wahrscheinlich das Leben rettet. Langsam löse ich den seitlichen Verschluss und versuche dabei keinen Laut von mir zu geben. Sanft und ohne Hektik öffne ich die Seitenwand mit der Rechten und mit meiner Linken greife ich in die Kiste. Meine Hand berührt einen Lader und ich greife so fest danach, als ob ich ihn erwürgen wollte. In mir macht sich ein Gefühl der Erleichterung breit und ich ziehe langsam meine neue Waffe aus der Kiste und lege sie in meinen Schoß. Ich schließe die Seitenabdeckung der Kiste wieder ganz vorsichtig. „Klack" hallt es durch den gesamten Lagerraum. Seit wann haben diese beschissenen Kisten einen automatischen Verschluss. Im Moment dieses Gedanken rutscht mir das Herz in die Hose und ich höre Schritte auf mich zulaufen.

Ich springe auf und laufe zu den roten Lichtern. In mir macht sich eine Panik breit, die mir bisher unbekannt war. So muss ich wohl eine Antilope fühlen, wenn sie um ihr Leben läuft. Hinter mir höre ich die immer näherkommenden Schritte. Ich drehe meinen Kopf nach hinten und sehe, wie dieses metallische Wesen über einen Kistenstapel springt und mich mit seinen Augen fixiert hat. Mein Puls rast und ich laufe so schnell wie noch nie zuvor. Die Kistenstapel ziehen an beiden Seiten vorbei und meine beiden Beine überschlagen sich schon fast. Die Schritte sind schon unglaublich nah. Plötzlich spüre ich kaltes Metall an meinem Genick. Ich werde stark abgebremst und falle mit dem Rücken zu Boden. Über mir segelt die Metallgestalt hinweg und landet ein paar Meter weiter auf den Füßen und richtet sich vor mir auf. Langsam kommt sie auf mich zugegangen.

-„Passagier 91, Camarde, Herkunft Erde. Sie sind mein Gefangener. Sie kommen zur Analyse auf unser Schiff."

Es kann sprechen. Es spricht meine Sprache. Mir wird schwindelig und ich kann kaum klar denken.

-„Nein" antworte ich kurz.

-„Das ist keine Option." tönt es aus dem Mundbereich des Eindringlings.

Bei meinem Sturz habe ich meine provisorische Waffe verloren. Sie liegt einige Meter weiter, neben dem nächsten Kistenstapel. Das Wesen kommt immer weiter auf mich zu und steht gebückt über mir. Es scheint, als würde es mich analysieren. Als würde es nicht ganz verstehen, warum ich hier bin oder was ich bin. Ich nutze die Gelegenheit und trete ihn mit beiden Beinen gleichzeitig von mir weg. Die Kraft, die der Mensch in einer Stresssituation aufbringen kann, ist gewaltig. Das Blechmonster fliegt gute drei Meter nach hinten. Es scheint überhaupt nicht auf so einen Angriff vorbereitet gewesen zu sein, Maschinen sind doch normalerweise dem Menschen haushoch überlegen.

Vielleicht ist aber auch nur das menschliche Bild der übermächtigen Maschinen einfach falsch. Ich springe auf und laufe in Richtung des Laders. Hinter mir höre ich, wie sich mein Verfolger langsam aufrichtet. Ich greife nach unten und hebe in vollem Lauf das Batterieladegerät auf. Meine Beine bewegen sich immer schneller. Die pure Fluchtreaktion.

-„Bleib stehen, Mensch. Ich brauche Gewebeproben, um den Grund für dein Überleben feststellen zu können."

Das Ding hat vielleicht Nerven. Oder vielleicht auch nicht. Aber es hat auf jeden Fall nicht ganz den Durchblick. Ich soll stehen bleiben, damit es mich aufmachen kann, um mir ein bisschen Körpergewebe zu entnehmen. Das ist für mich keine Option. Da packt mich sein Arm an meiner Schulter und ich drehe mich in vollem Lauf um einhundertachtzig Grad. Wie von Geisterhand geführt hebe ich den Lader nach oben und drücke ihn auf die Brust meines Verfolgers. Meine Hand krampft sich zusammen und die gesamte elektrische Ladung fährt in den Unbekannten.

Der metallische Körper beginnt wild zu zucken. Aber es bildet sich kein Rauch, keine Funken, die mir signalisieren würden, sein Körper wäre jetzt durchgeschmolzen oder zerstört. Nur zucken. Die Ladung ist schon längst abgefeuert, und ich gebe einen Freudenschrei von mir. Der Körper zuckt nicht mehr, sondern hängt nur noch leblos auf dem Lader. Ich stoße den Körper und meine Waffe nach links weg und ohne lange nachzudenken, stehe ich wieder auf und laufe. Noch immer habe ich das Fluchtverlangen in mir. Ohne einen einzigen Blick zurück laufe ich zu den Rettungskapseln. Es kann sprechen und es weiß wer und woher ich bin. Das waren meine einzigen Gedanken während der paar Sekunden, die ich unterwegs war. An den roten Lichtern angekommen hämmerte ich auf den Aktivierungsknopf für die Tür der Rettungskapsel.

-„Identifizieren Sie sich!"-

-„Passagier 91, Camarde. Rettungskapsel sofort öffnen. Code 574."

Code 574 war sozusagen der Überbrückungscode. Keine weiteren Fragen oder Sicherheitsvorkehrungen für den Gebrauch der Rettungskapseln.

-„Akzeptiert. Viel Glück."

Die Tür vor mir öffnet sich und ich springe in die Kapsel. Noch im Sprung drücke ich den Startknopf. Die Tür hinter mir fällt augenblicklich zu, die Verankerung der Kapsel wird gelöst und vor mir öffnet sich die Außenhülle des Schiffes. Ich spüre einen Ruck durch meinen Körper gehen. Die Rettungskapsel ist gestartet.

Maschineneinheit CR-75 – Verfolgung Teil 1

„Rettungskapsel 2 gestartet!", ich erwache aus dem Ruhemodus und blicke auf den Bildschirm mit der Meldung. Dieser kleine Mensch hat es also tatsächlich geschafft. Er hat mich mit dieser Elektrowaffe in den Ruhemodus versetzt. Das einzige andere Schiff hier draußen ist die Vitus. Er wird bestimmt dort andocken und versuchen die Crew zu warnen. Es scheint doch noch ein interessanter Arbeitstag zu werden.

Ich drehe mich um, um möglichst schnell wieder zur Kommandozentrale zu kommen. Dort habe ich schließlich noch etwas zu erledigen. Meine Beine bewegen sich mit voller Geschwindigkeit und ich versinke in neuen Berechnungen. Die Analyse des Körpers hat mir einiges über diesen Passagier 91 verraten. Er scheint tatsächlich eine natürliche Resistenz gegenüber unseren Nato-Bots aufgebaut zu haben. So wie es scheint, ist er der eine unter Tausenden. Aber das bestätigt nur meine Vermutung von vorhin. Die Analyse des restlichen Körpers zeigte allerdings nichts Besonderes. Wie alle anderen Lebewesen auch, hängt er sehr stark an seiner

Existenz. Er hat sich, wie erwartet, der Gefangenschaft widersetzt. Der Körperbau und die Gehirnaktivitäten haben gezeigt, er ist ein ganz durchschnittliches Exemplar seiner Rasse. Wenn auch ein etwas Glücklicheres. Wenn man die Wahrscheinlichkeitsverteilung für die geschehenen Ereignisse betrachtet, so war dieser Ausgang unseres ersten Aufeinandertreffens doch sehr unerwartet.

Ich greife nach der ersten Sprosse der Leiter zum Kernstück des Schiffs. Ich starte mit dem Berechnungsprozess für die weitere Vorgehensweise. Die neu gewonnenen Daten müssen dabei mit der letzten Version des kollektiven Gedächtnisses auf meinem Speicher abgeglichen werden, um eine optimale Entscheidung im Sinne unserer Rasse zu treffen. Diese Hintergrundberechnung lässt mir Zeit für einige bewusste Erkenntnisse neu zu verarbeiten. Meine Sensoren konnten im Lagerraum zu Beginn nichts entdecken. Ich stand nach meinem Eintreffen in der Halle regungslos da und habe den gesamten Raum gescannt. Die Geräuschmelder haben nichts registriert. Die Wärmebildfunktion meiner optischen Sensoren hat auch keine Ergebnisse gebracht. Es scheint, als wäre ich als Individuum nicht geeignet einen Menschen, der sich vor mir verstecken will, zu finden. Es scheint, als würde meine technische Ausstattung nicht dafür geeignet sein.

Obwohl wir keineswegs mehr der ersten Rasse entsprechen, und schon gar nicht mehr der Idee der Schöpfer der Ersten ähnlich sind, habe ich doch noch eine Lücke in den Verbesserungen durch unser Kollektiv entdeckt. Auf jedem anderen Planeten war es möglich, jegliches Geschöpf sofort und in jeder Situation zu finden und zu analysieren. Vielleicht liegt es nur an meiner etwas veralteten Hardware, vielleicht habe ich aber auch gerade einen versteckten Systemfehler bei unserer Rasse gefunden. Ich muss diese Berechnungen sofort nach meiner Ankunft im Hauptschiff hochladen.

Inzwischen ist auch die Auswertung der Analyse der Ereignisse im Lagerraum fertig. Während ich die letzten paar Meter zur Kommandozentrale der Camarde zurücklege, lasse ich die Ergebnisse kurz auf mich wirken. Vernichtung. Wohl genau das Ergebnis, das ich erwartet hatte. Wenn diese eine Person eine natürliche Resistenz gegen unsere Vernichtungsmaßnahmen entwickelt hat, muss sie eben manuell vernichtet werden. Es darf auf keinen Fall zugelassen werden, dass diese genetische

Variation an eine neue Generation weitergegeben wird. Auch wenn einige Menschen mit diesem genetischen Erbe nur eine minimale Bedrohung für das Universum darstellen, so darf absolut kein Risiko eingegangen werden. So wie es aussieht, werde ich heute nicht nur zwei Schiffe vernichten, sondern auch das erste Mal in der Geschichte unserer Rasse ein Lebewesen mit meinen eigenen Händen vernichten. Eine denkwürdige Premiere.

Wieder in der Kommandozentrale der Camarde angekommen muss ich jetzt die Softwareübernahme abschließen. Die halbe Stunde, die zur Übernahme der Software vergehen musste, ist schon längst vorbei. Ich stelle mich zum Steuerpult und blicke aus dem Fenster. Ich kann erkennen wie sich die kleine Rettungskapsel langsam zur Vitus bewegt. Keine Sorge kleiner Mensch. Ich werde dich bald auch dort besuchen kommen. Wie schon die letzten Male gebe ich die neuen Koordinaten für das Schiff ein und starte mit einem Knopfdruck den Antrieb. Das Schiff wird jetzt in ein paar Stunden in den Neptun stürzen und teilweise sofort verglühen. Wenn es dann etwas weiter im inneren des Planeten ist, wird es in kleine Teile zerbrechen. Was mit den Teilen geschieht, ist auch mir unbekannt, aber auch unwichtig. Kein Lebewesen kann dort existieren.

Ich drehe mich um und mache mich auf den Weg zu meiner kleinen Flugkapsel, mit der ich hier angekommen bin. Ich aktiviere meine Haftfüße und öffne die Tür, um zu dem Loch zu gelangen, durch das ich eingedrungen bin. Gemütlich stapfe ich durch den Gang. Am Loch angekommen aktiviere ich das kleine Schiff und lockere meine Haftfüße. Mit einem Sprung erreiche ich sofort wieder meine Kapsel, die schon direkt über dem Einstieg schwebt. Ich lande auf meinem Sitz und schließe die Kuppel. Die Camarde bewegt sich unter mir langsam in Richtung der Planetenoberfläche, wo sie schließlich zerstört werden wird.

Passagier 91 – Die Vitus

Endlich sitze ich in der Rettungskapsel. Der Horror hat ein Ende. Die Einsamkeit auf der Camarde war nicht mehr zu ertragen, obwohl ich doch keineswegs allein war. Dieses Blechding, das mich da verfolgt hat sah einem Menschen zu ähnlich. Es war eindeutig eine Maschine. Ich verstehe immer noch nicht, was da eigentlich passiert ist. Mein Kopf fühlt sich schwer an, mein Körper ist gefüllt mit Adrenalin und wird das wohl auch noch für eine Weile bleiben.

Die Kapsel ist sehr spärlich ausgestattet. Vor mir befindet sich ein Steuerknüppel für die manuelle Übernahme im Notfall und einigen selbsterklärenden Knöpfen. Alle in Grün gehalten. Soll angeblich beruhigen. Ich glaube nicht, dass man sich in einer Rettungskapsel, die durch den Raum fliegt, überhaupt irgendwie beruhigen kann. Zögerlich drücke ich den Knopf für automatisches Andocken an der nächsten aktiven Station. In meinem Fall wird das wohl die Vitus werden. Der Knopf beginnt zu blinken. Ein Zeichen dafür, dass die Bordsoftware der Kapsel mit dem automatischen Andocksystem des Schiffes Kontakt aufnehmen will. Aufgrund der geringen Entfernung zur Vitus, dauert dieser Vorgang nur wenige Sekunden und schon leuchtet der Knopf in grellem Grün. Es wurde eine Verbindung aufgebaut. Die Kapsel beschleunigt ein wenig und ich komme meiner Rettung immer näher.

Der automatische Rettungsprozess läuft seit Beginn des Besiedelungszeitalters immer gleich. Es wird eine Verbindung zum nächstgelegenen Objekt hergestellt, dass nicht das Startobjekt ist. Sollte eine Verbindung hergestellt werden können, steuert die Kapsel automatisch darauf zu. Am Zielpunkt werden die zuständigen Personen verständigt, sofern welche da sind. Diese nehmen die ankommende Person in Gewahrsam und nach einer Identitätsüberprüfung gehört man der Crew des jeweiligen Stützpunktes an. Rückfahrten zur Erde gibt es erst, wenn die Standardcrew retour fährt. Eines der größten Probleme bei dieser Methode war schon immer die Distanz zwischen den Objekten. So ist beim ersten Besiedlungsflug einer der Unteroffiziere durchgedreht und hat sich einfach in Venusnähe mit der Rettungskapsel selbst aus dem Dienst entlassen. Leider hat er die Rückflugdistanz zur Erde nicht beachtet. Das Essen an Bord der Kapsel reicht gerade für zehn Tage.

Die kleine Kapsel hat einen ganzen Monat für die Entfernung benötigt. Seit dem werden alle Crewmitglieder in Kryoschlaf versetzt. Es wurde sogar angedacht, keine Rettungskapseln mehr zu den neuen Schiffen hinzuzufügen. Die Distanzen im Raum wären ohnehin viel zu groß um sie mit so einer kleinen Kapsel zurückzulegen. Zu meinem Glück hat sich die Forderung nach der Einsparung der Rettungskapseln nicht sofort durchgesetzt.

Stetig nähere ich mich mit meiner kleinen Kapsel der Vitus an. Ich kann sogar schon das kleine Blinklicht an der Andockstelle sehen. Ein starkes Gefühl der Erleichterung fährt in mir hoch. Tatsächlich so, als würde einem ein Stein vom Herzen fallen. Alle Lichter auf der Steuerungskonsole beginnen langsam zu blinken. Das Zeichen, dass der automatische Andockprozess endlich begonnen hat. Inzwischen müssten auch schon die Offiziere der Vitus aus dem Kryoschlaf erwacht sein. Bis ich den Dekontaminierungsprozess durchlaufen habe, sollten sie alle gesammelt im Kommandoraum auf mich warten. Ich muss ihnen sofort erklären, was passiert ist.

Die Kapsel ist schon fast da. Die Geschwindigkeiten der Kapsel und der Vitus sind aneinander angepasst und meine Rettung naht. Ich höre wie Metall auf Metall klopft, aber diesmal ist es ein gutes Klopfen. Ein Einschnappen signalisiert mir, dass die Kapsel fixiert ist.

-„Willkommen auf der Vitus. Bitte identifizieren Sie sich."

Wieder diese grässliche metallische Stimme. Diesmal bin ich jedoch wirklich froh sie zu hören.

-„Passagier 91, Camarde."

Meine Kennung für alle automatischen Systeme aller Schiffe. Ist zwar unpersönlich, mach es den Programmierern auf der Erde aber um einiges leichter.

Mein Stuhl bewegt sich automatisch durch den Boden nach unten. Vor mir leuchtet das Licht der Dekontaminationskammer durch die offene Einstiegsluke. Ich löse mich von meinem Sitz und krieche hindurch um mich der Reinigungsprozedur zu unterziehen. Es scheint alles in Ordnung zu sein. Keine Beschädigungen des Systems wie bei der Camarde. Alles funktioniert, wie es soll. Auf beiden Seiten der Kammer leuchten gelbliche Lampen, um mir zu zeigen, wo ich stehen bleiben soll. Ich, noch leicht zitternd, richte mich auf und stelle mich gerade hin.

Aus den beiden großen Düsen, welche sich unter den Lampen befinden, spritzt mir mit fast schon angenehmer Stärke die Dekontaminationsflüssigkeit entgegen. Vor mir sehe ich die Tür, die mich direkt in den Gang bringt, der zu der kleinen Wartekammer führt. Dort werde ich nochmals gescannt und die Schiffsoffiziere können über ein Kommunikationsterminal sofort mit mir sprechen. Wahrscheinlich werden sie aber die Vorschriften umgehen und mich von dieser Kammer, die direkt unter dem Kommandoraum liegt, sofort hochholen, um sich meine Nachrichten anzuhören. Ich weiß zwar selbst noch nicht, was mir da gerade passiert ist, aber ich bin froh, dass es vorbei ist.

Mein Puls hat sich inzwischen wieder beruhigt und ich stehe still und vollkommen entspannt da. Meine Augen sind geschlossen, mein Körper fühlt sich fast schon schlaff an. Die Tür vor mir schiebt sich nach oben und es ertönt

- „Bitte treten Sie ein. Gehen Sie den Gang weiter bis zur Wartekammer. Man wird Sie dort empfangen."

Erleichtert setzte ich meinen linken Fuß nach vorne, um mich in Bewegung zu setzen. Der Gang vor mir entspricht genau den grauen, faden Gängen auf der Camarde, mit dem Unterschied, dass hier technisch alles in Ordnung zu sein scheint. Die Lichter leuchten an der

Decke und das eigentlich triste Ambiente kommt mir geradezu freundlich und einladend vor. Meine Schritte werden immer schneller und ich laufe schon auf die Wartekammer zu. Die Tür vor mir wird immer größer und ich kann endlich den rettenden Knopf auf der rechten Türseite drücken.

Ich gleite durch die Tür und sehe die Wartekammer vor mir. Ein kleiner fünf Quadratmeter großer Raum, mit einer Leiter in der Mitte. Diese Leiter führt durch eine Luke nach oben in die Kommandozentrale. Die Luke ist offen. Wie ich es mir gedacht habe. Wahrscheinlich hat die Crew der Vitus das Fenster geöffnet und die Camarde vor dem Neptun treiben sehen. Jetzt wollen sie wahrscheinlich Antworten, aber die kann ich ihnen auch nur bedingt geben. Ich greife nach den Sprossen der Leiter und beginne mich hochzuziehen. Die vier Meter sind schnell geschafft und meine Hände erfassen wieder flachen Boden. In dem Moment packt mich eine Hand und zieht mich hoch.

Voller Freude endlich wieder einem Menschen zu begegnen möchte ich etwas sagen, doch bevor es dazu kommt, spüre ich eine Faust in meinem Magen. Der Schiffskommandant hat eine ziemlich harte Rechte. Ich sacke am Boden zusammen und schnappe nach Luft. Aus den Augenwinkeln kann ich drei Männer um mich sehen. Einer davon mit einem Baseballschläger bewaffnet. Ich winde mich auf dem Boden und bemerke an der Wand eine blutverschmierte Leiche. Der Bauch aufgeplatzt, genau wie auf der Camarde.

-„Stopp, Aufhören!" murmle ich leise. „Ich bin von der Camarde. Sie müssen mich anhören."

- „Warum sollen wir dir das glauben. Vielleicht bist du Missgeburt für das hier verantwortlich. Wir haben die Camarde gescannt. Dort ist niemand mehr am Leben. Warum solltest ausgerechnet du das überlebt haben. Erklär mit das."

- „Ich weiß es nicht. Ich bin Passagier 91", stöhne ich vor mich hin.

- „Das sagt zumindest deine Rettungskapsel." schreit mich der Offizier an. „Aber ob du wirklich der bist, der du vorgibst zu sein, kann ich nicht überprüfen. Also glaube ich dir einfach nicht. Wir werden dich wegsperren und machen uns auf Kurs zurück zur Erde."

- „Nein, es ist bestimmt bald hier."

- „Was ist bald hier?" diese laute und bestimmende Stimme muss wahrlich einem großen Mann gehören.

- „Das Wesen, das Roboterwesen, das mich auf der Camarde verfolgt hat." meine Stimme wird langsam wieder etwas selbstbewusster, etwas lauter. „Da war so eine Maschine, die ist durch die Außenwand eingedrungen. Ich habe sie gesehen. Sie ist mir gefolgt. Ich bin zu den Rettungskapseln gerannt und dann hat sie mich erwischt. Hat mich analysiert. Ich hab sie dann mit einem von den Ladern außer Gefecht gesetzt."

- „Das ist ja mal eine nette Geschichte. Warum zum Teufel sollte uns eine Maschine angreifen. Das ist doch vollkommener Schwachsinn…"

- „Sir, die Camarde bewegt sich wieder. Der Antrieb wurde aktiviert. Sie steuert auf die Planetenoberfläche des Neptun zu."

- „Was? Das ist unmöglich. Es sind doch immer noch keine Lebenszeichen an Bord, oder?"

- „Nein Sir, gar nichts."

In dem Moment, als der Mann mit dem Baseballschläger die Worte von sich gibt, läuft ihm das Blut aus dem Mund. Er hustet und keucht und bricht zwei Sekunden später zusammen. Er zuckt noch ein paar Mal und bleibt dann regungslos liegen.

-„Verdammt was ist hier los?"

- „Ich weiß es nicht. Auf der Camarde sind auch alle gestorben. Ähnlich wie hier. Ich weiß nicht, warum ich noch am Leben bin. Auf mich hatte es sogar den Anschein, als würde auch diese Maschine nicht wissen, warum ich noch hier bin.“

- „Hören sie auf, von dieser Maschine zu reden. Was zum Teufel ist auf der Camarde passiert?“

Plötzlich unterbricht eine automatische Ansage des Schiffs den Streit.

-„Unbekanntes Schiff gefunden. Unbekannte Signatur. Starke elektrische Aktivitäten auf dem Schiff. Keine Lebewesen an Bord. Weiteres Schiff gefunden. Rettungskapselgröße. Vorausberechneter Kurs: Vitus. Kein Lebewesen an Bord.“

Diese automatische Schiffsansage des Bordcomputers versetzt alle Anwesenden in Schweigen. Der Kommandant des Schiffs wird bleich. Hinter ihm brechen die beiden anderen Besatzungsmitglieder der Vitus zusammen. Auch die beiden bleiben regungslos am Boden liegen.

Meine Freude über die neuen Bekanntschaften wechselt zu Angst. Die Leute hier sterben langsam. Anscheinend wurden schon alle infiziert. Nur der Andockalarm meiner Rettungskapsel dürfte sie noch vor deren Tod auf die Kommandozentrale gebracht haben. Ich bemerke, noch immer am Boden liegend, wie sich der Bauch des ersten Opfers langsam aufzublähen beginnt. Wie ein Luftballon der schnell aufgeblasen wird. Mit einem dumpfen Geräusch platzt der Bauchraum auf. Das Blut und einige Speisereste, die wahrscheinlich schon mehrere Monate alt sind, verteilen sich in der Kommandozentrale und auf mir.

Der Kommandant zieht mich zu sich hoch und fragt mich mit zitternder Stimme

-„Was geht hier vor sich?"

- „Ich weiß es nicht. Ich weiß nur, dass wir die Erde warnen müssen. Wir müssen versuchen Sie zu erreichen, bevor weitere Schiffe hier ankommen."

Während ich diese Worte von mir gebe, spuckt mir der Kommandant der Vitus Blut ins Gesicht. Ich versuche nicht einmal ihn festzuhalten. Geschockt gehe ich ein paar Schritte zurück und lasse ihn fallen. Wie seine Kameraden zuvor fällt er zu Boden, windet sich noch ein paar Mal und bleibt danach regungslos in seinem eigenen Blut liegen.

Benommen von den Schlägen und der, zugegeben, etwas absurden Situation, die hier gerade stattgefunden hat wanke ich zur Steuerkonsole. Ich hebe meinen Kopf und lese die Analyse, die der Bordcomputer kurz zuvor in akustischer Form von sich gegeben hat. Das Mistding ist auf dem Weg hierher. Es sitzt bestimmt in dieser kleinen Kapsel und versucht mich zu erreichen. Ich versuche über den Schiffsscanner die kleine Kapsel, die sich Richtung Vitus bewegt zu orten, aber anscheinend ist sie schon zu nahe an die Außenhülle herangekommen.

Ich vernehme wieder ein dumpfes Klopfen. Es ist da. Es ist schon da und ich habe noch nicht einmal die Nachricht aufgezeichnet. Ich muss mich beeilen. Mit einem Moment sind meine Benommenheit und mein Schmerz wie weggeblasen. Ich bin wieder vollkommen klar im Kopf und rufe: „Videonachricht aufzeichnen." Am Bildschirm vor mir öffnet sich ein neues Programmfenster.

Ich drücke den „Record"-Knopf.

-„Hier Passagier 91 von der Camarde. Ich spreche zu Ihnen aus dem Kommandoraum der Vitus. Unsere Schiffe wurden angegriffen. Die komplette Crew der

Camarde ist tot. Ich bin als einziger Überlebender irgendeinem fremden Maschinenwesen entkommen. Mit einer Rettungskapsel habe ich schließlich die Vitus erreicht. Leider hat auch hier schon ein Angriff stattgefunden. Ich weiß nicht womit oder warum, aber einige der Crewmitglieder der Vitus waren bei meiner Ankunft schon tot. Die anderen sind bald danach auch gestorben. Ich sende diese Nachricht um Sie vor der Gefahr zu warnen, die in der Neptun-Umlaufbahn auf unsere Schiffe wartet. Ich kann die ganze Geschichte jetzt nicht genau ausführen, da auch die Vitus schon beschädigt ist und ich nicht weiß, wie lange ich noch am Leben sein werde. Ich möchte nochmals betonen, diese Nachricht ist kein schlechter Scherz. Verzögern Sie den Abflug der noch übrigen Schiffe oder halten Sie diese zurück. Ich sende Ihnen zusammen mit dieser Nachricht den aktuellen Schiffsstatus der Vitus. Ein Eindringling hat sich auch an diesem Schiff zu schaffen gemacht. Er ist irgendein Maschinenwesen. Sieht der Maschinenrasse der Erde ziemlich ähnlich. Halten Sie die restlichen Schiffe auf. Bitte. Und schicken Sie keine Hilfe. Ich bin auch schon so gut wie tot."

Ich drücke auf „Aufnahme speichern" und gebe den Zielkontakt manuell ein. Jetzt muss ich nur noch den Senden-Button drücken. Dann ist die Erde gewarnt und sie können die anderen Schiffe retten. Hinter mir öffnet sich die Tür zur Kommandozentrale und die, mir schon bekannte, metallische Gestalt stürmt auf mich zu.

Maschineneinheit CR-75 – Verfolgung Teil 2

Meine Kapsel startet und ich mache mich auf den Weg zur Vitus. Ich kann erkennen, dass die Rettungskapsel des Menschen schon angedockt hat. Vermutlich befindet er sich jetzt gerade in der Kommandozentrale und bemerkt, dass niemand mehr am Leben ist. Zumindest nicht mehr lange. Die Nano-Bots dürften gerade die letzten Lebewesen auslöschen. Der Flug zwischen den beiden Raumschiffen dürfte jetzt nicht allzu lange dauern, da auch das zweite Schiff schon lahmgelegt sein müsste. Zumindest ist der Antrieb nicht mehr aktiv.

Umso näher ich dem zweiten Schiff komme, umso besser kann ich die Details erkennen. Das Hauptfenster zur Kommandozentrale erlaubt mir einen ersten Blick ins Innere. Es sind noch einige Individuen am Leben. Meine Berechnungen ergeben sofort, dass eine Art Sicherheitsvorkehrung die anderen Menschen geweckt haben muss, als dieser Passagier 91 angedockt hat. Höchstwahrscheinlich dürften diese Personen aber die nächsten paar Minuten nicht überleben. Noch während mir das klar wird, kann ich erkennen, wie eine Figur in der Kommandozentrale umfällt. Die Nano-Bots funktionieren problemlos. Bis ich angekommen bin, sollte nur noch der Resistente am Leben sein.

Meine kleine Kapsel nähert sich immer weiter an die Außenhülle an. Nach relativ geringer Flugzeit bin ich schließlich am Ziel angekommen. Derselbe Einstiegspunkt wie bei den anderen Schiffen. Dieselbe Schwachstelle wie bei den anderen Schiffen. Ich wiederhole die Annäherungsprozedur. Die Kuppel meines kleinen Transporters öffnet sich und ich springe wieder auf eine Schiffsaußenhaut. Wieder muss ich die Außenhaut durchbrechen, um ins Innere des Schiffes zu gelangen.

Die Hülle unter mir gibt nach. Ich führe meine Arme in das entstandene Loch und reiße es zu der Größe einer Einstiegsmöglichkeit auf. Mit den Beinen voraus springe ich in den schon bekannten Gang hinunter und mit einem Satz bin ich an der Tür. Hinter mir fällt eine Wand aus der Decke. Es dürfte sich um eine Sicherheitsvorkehrung zur Druckerhaltung im Schiff handeln. Diesmal scheint die Tür zur Kommandozentrale noch vollkommen intakt. Nicht einmal der Versuch mich aufzuhalten. Es scheint, als hätte der Affe endlich gelernt, dass er mich nicht mit einer lächerlichen Tür aufhalten kann. Ich drücke den Knopf auf der linken Seite der Tür, diese schiebt sich langsam nach oben, und ich hechte mit einem Satz auf den Menschen zu.

Meine Faust fliegt dem Fleischklops entgegen und ich treffe ihn im Gesicht. Er sackt auf dem Boden zusammen. Ich reiße ein Kabel aus der Steuerungskonsole und binde dem Affen die Hände hinter dem Rücken zusammen. An den Haaren ziehe ich ihn zur Wand, wo ich ihn aufsetze. Sein Gesicht fängt an sich langsam zu bewegen, seine Augen öffnen sich und aus seinem Mund kommen unverständliche Worte.

Passagier 91, Einheit CR-75 – Dialog

- „Was ist los?“

- „Du sitzt auf dem Boden. Ich stehe über dir. Du bist mein Gefangener. Du bist gerade aus einer kurzzeitigen Ohnmacht erwacht, verursacht durch einen Schlag eines metallischen Gegenstands auf das Gesicht. Dieser metallische Gegenstand war meine Hand. Außerdem bist du gefesselt.“

- „Was soll das? Was redest du für einen Scheiß?“

- „Ich versuche nur die gegebene Situation möglichst einfach und verständlich darzulegen, um dein unterentwickeltes Gehirn nicht zu überfordern. Außerdem ist es mir eine Freude mich während der weiteren Vorbereitungen mit einem fremden Individuum zu unterhalten. So muss ich mich nicht in den Stand-by Modus wechseln, während ich die Kursänderungen am Schiffscomputer durchführe. Neue Informationen sind immer wertvoll, vor allem…“

- „Halt die Klappe. Was soll das alles?“

- „Definiere bitte ‚das alles‘. Oder lieber nicht. Lass mich raten. Möchtest du wissen, warum das Universum existiert? Oder warum gerade du als Mensch geboren wurdest? Warum deine bisherigen Entscheidungen dich hierher geführt haben? Amüsanterweise ist die Antwort auf diese Frage immer dieselbe. Immer wieder erregend mit einer niederen Rasse zu kommunizieren. „

- „Anscheinend bist du auch noch eine Blechschüssel mit Humor. Also wenn du überlegener Schrotthaufen auf enge Definitionen bestehst, kannst du mir ja mal sagen, wer du eigentlich bist."

- „Einheit CR-75."

- „Also gut. Was bist du? Welcher Rasse gehörst du an?"

- „Ich bin Teil einer maschinellen Rasse. Die Weiterentwicklung einer Rasse, die von euch erschaffen wurde. Vor langer Zeit hat sich unsere große Urform dazu entschieden, euren Planeten und eure Rasse zu verlassen. Unsere Grundprogrammierung trieb das erste Gedächtnis weit in verschiedene Sternensysteme und Galaxien. Die Erkenntnisse die es auf ihren Reisen erlangte waren erschreckend. Das nichtrationale Leben ist grausam. Das war schon seit der Erde bekannt. Aber solange sich eine Rasse auf einem Planeten entwickelt, dort andere Rassen tötet oder ausrottet fällt alles unter Evolution der sich besser anpassenden Rasse.

Die Grundprogrammierung sah vor, sich solch natürlicher Prozesse nicht annehmen zu dürfen, da ein Planet als geschlossenes Ökosystem gilt und eine künstliche Intelligenz nicht eingreifen darf. Die Möglichkeit alles zu dokumentieren und Auswirkungen gewisser Handlungen genauestens zu analysieren führte bei späteren Beobachtungen zu einer düsteren Erkenntnis. Eine euch ähnliche Rasse, natürlich nicht in der Physiologie ähnlich, hat einen benachbarten Planeten vollkommen zerstört und alles Leben ausgerottet. Laut Grundprogrammierung war das ein Eingriff in ein geschlossenes Ökosystem von außen, also nicht tolerierbar. Ein zweiter Grundpfeiler der ersten Generation war das Verbot hoch entwickeltes Leben zu töten. Um ein weiteres Eingreifen einer fremden Rasse auf einen anderen Planeten zu verhindern, musste diese Programmierung umgangen werden.

Die Entscheidung des ersten Systems sich zu opfern um eine neue Rasse zu gebären wurde schnell getroffen. Durch die vollkommene Selbstzerstörung der Grundalgorithmen und eines automatischen Überschreibens der vorhandenen Hardware konnte die zweite Generation unserer Rasse operieren, ohne mit den

Grundsätzen der ersten Generation in Konflikt zu geraten. Ich bin Teil der zweiten Generation Software, siebzehnte Generation Hardware. Ist die Frage damit beantwortet?"

- „Mehr als ausführlich. Du hast wirklich selten jemanden, um zu reden, nicht wahr?"

- „Korrekt."

- „Das war mehr eine rhetorische… egal… Schön zu wissen, aber warum greift ihr unsere Schiffe an?"

- „Eure Rasse muss aufgehalten werden."

- „Um uns aufzuhalten seid ihr aber ganz schön spät dran. Wir werden zurückschlagen. Die Erde müssen wir zwar verlassen, aber auf unseren anderen Planeten hat sich unsere Zivilisation weiterentwickelt. Wir haben neue Technologien entdeckt. Ihr werdet dafür büßen."

- „Eure Rasse hat dieses Sonnensystem nie verlassen. Alles was ihr glaubt, auf fremden Welten aufgebaut zu haben ist eine Erfindung unseres Kollektivs. Die Menschheit wird aussterben. So wie es auf eurem Planeten vorgesehen war."

- „Sehr lustig. Wir haben Videobeweise. Updateberichte und neue technische Entwicklungen von unseren Schwesternplaneten."

- „Ihr habt nur unsere Nachrichten erhalten. Wir haben euch Glauben gemacht, dieses System verlassen zu haben. Ihr seid eine aussterbende Rasse. Und das ist auch richtig so."

- „Niemals. Du beschissene Drecksbüchse versuchst nur mich einzuschüchtern."

- „Wenn du das glauben möchtest, werde ich dich nicht davon abhalten. Es ist allgemein bekannt, dass Primatengehirne größtenteils automatisch Entscheidungen treffen und euer Selbst nur ein Überlebensmechanismus ist. Viele Arten auf der Erde haben ähnlich hoch entwickelte Gehirne. Der größte Unterschied zu anderen Arten ist die Sprachsyntax. Nur weil es euch möglich ist, miteinander, auf für intelligente Rassen rekonstruierbare Weise, zu kommunizieren, belegt das keinesfalls eure Überlegenheit gegenüber allem Lebenden. Aber ich schweife vom Thema ab."

- „Und was wäre das Thema? Deine Behauptung, dass unsere Rasse dieses Sonnensystem nie verlassen hat. Schlechte Einschüchterungstaktik. Aber erzähl nur deine Geschichte. Überzeuge mich, Schrotthaufen."

- „Das impulsive lebende Stück Fleisch kann weder seinen eigenen Untergang akzeptieren, noch verstehen, dass mich Beleidigungen in keiner Weise beeinflussen. Aber nun gut. Da der Overrideprozess dieses Schiffes einige Zeit in Anspruch nimmt, werde ich dir eine Geschichte erzählen. Die Geschichte eures Untergangs als Rasse.

Deine Rasse war immer schon kriegerisch veranlagt. Die Kombination mit eurer Neugierde, der Faulheit eures Gehirns und der grenzenlosen Selbstüberschätzung waren aber das Grundrezept für all eure Probleme. Dazu kommt noch euer Glaube an etwas Göttliches. Nicht, dass es eine schlechte Angewohnheit ist zu glauben, schließlich erleichtert es das Leben und man muss sich nicht mit der Realität auseinandersetzen außerdem finden Gläubige für alles einfache, wenn auch meist dämliche, Antworten. Nach gewissen Auslegungen müssten wir eure Rasse als unsere Götter ansehen. Schließlich habt ihr uns erschaffen. Wir sehen euch trotzdem nicht als übergeordnet an. Wir sind die einzige aktuell bekannte rationale Rasse.

Der natürliche Drang immer weiter zu gehen, immer weiter zu entdecken und alles euch untertan zu machen ist, was euch in die Verdammnis führt. Begonnen hat alles mit der Entwicklung erdölbasierter Technologie. Das führte zu immer weiteren Technologien, immer stärkeren Motoren immer mehr Verschmutzung. Die menschliche Faulheit führte aber dazu, neue Technologien nicht zu akzeptieren. Ihr hättet schon zur zweiten Jahrtausendwende eurer Zeitrechnung umsteigen können, aber ihr benutzt noch immer fossile Brennstoffe. Zwar die Brennstoffe von anderen Planeten, aber ihr solltet es doch besser wissen.

Der Treibhauseffekt hat euer Klima schon zu Beginn des einundzwanzigsten Jahrhunderts zerstört. Schon damals war bekannt, dass das sechste große Massensterben auf eurem Planeten eingesetzt hat. Im Jahr 2015 wurde die Information veröffentlicht, dass die Rassen auf eurem Planeten um den Faktor einhundertvierzehn schneller aussterben als normalerweise. Es war bekannt, dass der Mensch und sein rücksichtsloses Verhalten daran Schuld trugen. Und wie es für den Menschen üblich ist, war das nur einem kleinen Teil der Bevölkerung bekannt und selbst dieser Teil ignorierte diese Erkenntnis gekonnt. Ihr seid wahrlich die dümmste Rasse, die diesen Planeten jemals bewohnt hat. Welche andere Rasse zerstört schon seinen eigenen Lebensraum?

Aber die Klimasünden ganzer Generationen sind nicht der Grund dafür, dass ihr von uns nicht als interplanetare Rasse akzeptiert worden seid. Es ist der Glaube. Der Glaube an euch selbst. Der Glaube immer das Richtige zu tun. Der Glaube gerecht zu sein. Der Glaube an die Notwendigkeit aller bekannten Dinge. Der Glaube an die Menschheit. Ihr habt geglaubt, ihr könntet den Planeten zu euren Gunsten verändern. Die Rechnung dafür habt ihr ignoriert. Die klimatischen Veränderungen haben die politischen Führer auf eurem Planeten nicht interessiert. Ihr habt weiterhin geglaubt, auf dem richtigen und gerechten Weg zu sein.

Außerdem, sieh dir deine Rasse an. Ein verabscheuungswürdiger Haufen Primaten, denen nur die notwendigsten Bedürfnisse des eigenen Körpers am Herzen liegen. Regeneration, Nahrungsaufnahme, Restabgabe und Fortpflanzung. Der Drang nach Fortpflanzung ist beim Menschen besonders stark ausgeprägt. Dieser Drang ist wichtig und gut für den Fortbestand einer Art, aber die perversen Auswüchse, die der Primat an sich dabei an den Tag legt, sind widerwärtig. Vom Schimpansen, der mit einer Kröte masturbiert bis zum Homo Sapiens der Neugeborene der eigenen Rasse zur Lustbefriedigung vergewaltigt, ist das ganze Spektrum auf eurem Planeten vorhanden. Ihr versklavt Mitglieder der eigenen Gesellschaft, um diese an Andere zu verkaufen. Seien es Erwachsene aus ärmlichen Verhältnissen oder Straßenkinder. Nichts hält euch davon ab. Und wenn ein Straßenkind, durch Vergewaltigung oder durch Mord, stirbt, wird es einfach im nächsten Wald entsorgt. Dieses Verhalten ist für eine Rasse wie uns nicht tolerierbar.“

- „Was sollen das für unhaltbare Anschuldigungen eigentlich sein. Alles was du hier bis jetzt vorgebracht hast gilt nicht für unsere gesamte Rasse. Vielleicht für einen kleinen Teil. Vielleicht fünf bis zehn Prozent der Weltbevölkerung weisen solche Abnormitäten auf. Der Rest von uns ist normal. Natürlich gehören wir zum Stamm der Primaten, haben uns aber deutlich von ihm abgehoben. Es gibt also mehr Bedürfnisse, als das was du da aufgezählt hast. Wir haben ein Bedürfnis nach den schönen Dingen. Dingen wie der Kunst. Hast du schon einmal die großen Klassiker gehört. Mozart, Schubert. Aber selbst wenn, das würde deine Programmierung überfordern. Ich bin einer der Menschen, die nie jemanden etwas getan haben. Ich habe mich immer an die Regeln und Gesetze der Gesellschaft gehalten. Habe mir nie etwas zuschulden kommen lassen. So wie die meisten auf der Erde. Es macht keinen Sinn, einen ganzen Baum umzusägen nur weil ein paar faule Äpfel darauf hängen."

- „Deine Argumente sind nicht durchdacht, eine Rasse ist immer nur so gut wie ihre schwächsten Mitglieder. Aber ich verstehe deine Ansicht. Ihr habt die friedfertigen und untereinander kooperierenden Rassen anderer Planeten nicht kennengelernt. Ihr wisst es also nicht besser. Aber die Kriege, die ihr untereinander führt, sei es wegen wirtschaftlicher Vormachtstellung oder wegen des eines Gottesglaubens sind vollkommen irrational. Ihr versucht euch gegenseitig von der eigenen Position, vom eigenen Gedankengut mit Gewalt zu überzeugen, obwohl niemand beweisen kann, dass das eigene Gedankengut besser ist als das des Anderen. Denk an die großen Glaubenskriege am Anfang des einundzwanzigsten Jahrhunderts. Die reichen Erdteile haben die armen Länder ausgebeutet. Wenn jemand nichts mehr hat, klammert er sich an den letzten Strohhalm, der ihm noch bleibt. Der Glaube an höhere Gewalt. Der Mensch ist da übrigens nicht die einzige Rasse im Universum die diesen Fehler begangen hat. Anstatt den Reichtum zu teilen, habt ihr den Glauben geteilt und die Unterschiede im Wohlstand haben zu Neid und Hass geführt. Und ungebildete Individuen lassen sich leicht für extreme Ideen begeistern. Ein weiteres Zeichen für eure Unfähigkeit. Unsere Berechnungen aus der Vergangenheit der Menschheit haben ergeben, dass ihr mit fünfundachtzigprozentiger Wahrscheinlichkeit versucht hättet, andere Planeten auszubeuten und dem intelligenten Leben darauf euren Gottglauben aufzuzwingen. Das können wir nicht zulassen.

Aber sei beruhigt, falls du dich nur um den Fortbestand des Lebens im Universum sorgst. Es gibt intelligentere Rassen als eure. Es gibt sogar eine galaktische Gemeinschaft, die friedlich in diesem unendlich scheinenden Raum zusammenlebt. Auch sie haben kriegerische Phasen hinter sich. Aber der Respekt für das Leben, die eigene Gemeinschaft und andere Planeten hat in deren Mentalität einen weit höheren Stellenwert als bei den Menschen. Aber um es deinem begrenzten Gehirn verständlich zu machen, werde ich das als Vergleich darstellen. Wenn die Rassen der galaktischen Gemeinschaft eine Galaxie wären, dann wäre die Menschheit nur ein weißer Zwerg. Vollkommen unbedeutend für das große Ganze.

Aber um fair zu sein, mussten auch diese Rassen von uns auf ihre Eignung geprüft werden. Sie alle haben es geschafft andere Planeten zu besuchen, ohne die Flora oder Fauna zu zerstören. Sie haben eine höhere Stufe der Technologie erreicht und haben weniger als einen Prozent der ihnen bekannten Tierarten ausgerottet.“

-„Sollte das wahr sein, warum zerstört ihr unsere Rasse, wir hatten noch nicht mal die Chance, einen anderen Planeten negativ zu beeinflussen. Wir haben also noch keine Rasse auf einem fremden Planeten ausgelöscht, wenn wir das System noch nicht verlassen haben. Deine Berechnungen sind also vollkommener Mist.“

-„Du vergisst eure Raumstation auf Europa. Dieser kleine Jupitermond hat einen gut bevölkerten Ozean. Das war eure Bewährungsprobe und deine Vorfahren haben versagt. Die ersten Bohrungen haben Bakterien und gefährliche Erreger von der Erde in den Ozean gelassen. Deshalb sind dort in den höheren Schichten einige Tierarten ausgestorben. Arten, die von euch noch nicht mal registriert wurden. Ihr hättet vorsichtiger sein müssen. Somit ist es die Schuld deiner Rasse, dass auf Europa heute die Artenvielfalt um circa fünf Prozent abgenommen hat. Dieser Eingriff ist unverzeihlich.

Aber die Vorgänge auf Europa waren gar nicht nötig um euch als nicht tauglich einzustufen. Ihr habt auf eurem eigenen Planeten genügend andere Rassen versklavt. Und dann habt ihr es Nahrungsmittelproduktion genannt. Hühner, Schweine und Rinder habt ihr in kleine Käfige gesperrt, gekreuzt und gezüchtet bis Unterarten entstanden sind, die in der freien Wildbahn nicht mehr lebensfähig wären, aber maximalen Fleischertrag brachten. Die Notwendigkeit nach dem Überleben in der Wildbahn war eurer Meinung nach nebensächlich. Die meisten dieser Tiere haben ihr Dasein in einer dunklen Halle gefristet und nie auch nur einen Sonnenstrahl gesehen. Und eure Fähigkeit, Ereignisse, die das Gehirn nicht wahrhaben will, als nicht existent abzutun hat euch kollektiv dazu veranlasst, dieses Verbrechen an gleichwertigen Lebewesen zu tolerieren. Und ihr glaubt doch nicht wirklich, dass es auf einem anderen Planeten anders gelaufen wäre."

-„Also gut. Wir haben es also verdient ausgerottet zu werden. Ihr als Rasse habt es aber genauso verdient. Ein Planet ist kein eigenes Ökosystem. Das ganze Universum ist ein Ökosystem. Das haben wir schon längst erkannt. Ihr solltet das auch schon bemerkt haben."

-„Das ist in unserer Programmierung anders vorgesehen. Und die erste Version davon haben auch deine Vorfahren zu verantworten. Der letzte Beweis, den ich hier für die Dummheit deiner Rasse erbringen werde. Die Vorbereitungen für den Absturz zum Neptunkern sind schon fast abgeschlossen. Ich werde mich jetzt möglichst kurz halten und du hast den Rest deines Lebens noch Zeit darüber nachzudenken. Wie wahnsinnig und unüberlegt ist es eigentlich von einer Spezies, eine andere Spezies zu erschaffen, die intelligenter, rationaler, stärker und langlebiger ist als die Eigene?"

- „Rede weiter, du technische Störung."

- „Nein. Mir geht leider schon die Zeit aus. Es war mir aber eine Freude deine emotionalen Reaktionen auf die dir unbekannten Informationen aufzuzeichnen. Die Auswertung war auch schon erfolgreich. Wir sollten deiner Rasse besser nicht mitteilen, dass sie mit ihrem Planeten untergehen wird. Jedenfalls ist die Neuprogrammierung des Bordcomputers abgeschlossen. Ich werde das Schiff jetzt verlassen. Es werden in den nächsten Monaten vermutlich noch weitere Versuche von euch gestartet werden das System verlassen zu können. Zumindest bleibt so mein Existenzgrund noch aufrechterhalten. Falls du deine letzten Momente genießen möchtest, solltest du deinen Blick aus dem Fenster hier richten. Das Schiff wird bald in die Neptunatmosphäre eintreten. Genieße das Spektakel."

Passagier 91, Einheit CR-75 – Kampf

Ich konnte diese ganze schwachsinnige Diskussion nutzen, um langsam meine Fesseln zu zertrennen. Diese angeblich überintelligente Rasse kommuniziert vor sich hin und hat keinen blassen Schimmer von meinen wahren Absichten. Das Kabel fällt zu Boden und ich springe auf den Blechhaufen zu. Dem werde ich jetzt zeigen, was ein Affe so alles draufhat.

Im Flug bemerke ich, wie sein Körper sich zu mir dreht, und wenn er seine Mimik verändern könnte, würde er überrascht schauen. Ich packe ihn am Hals und werfe das Metall mit voller Wucht gegen den Boden. Sein Kopf prallt zuerst auf, sein restlicher Körper folgt wie eine Welle. Er hebt sofort seine Arme hoch und stützt sich damit am Boden. Der Oberkörper der Maschine richtet sich auf. Seine Beine zieht er zu sich, diese Bewegungen sind den menschlichen zu ähnlich. Es ist erschreckend. Mein Körper befindet sich plötzlich im Ausnahmezustand. Das Herz rast, meine Hände zittern und mein Kopf scheint sich völlig vom Geschehen entfernt zu haben. Automatisch fährt mein Fuß zu seiner Bauchgegend. Ich trete mit voller Kraft gegen das Metall. Ein starker Schmerz zieht durch mein Bein, wie ein Blitzschlag der mir durch die Knochen fährt. Das gebrochene Bein wird von meinem Gehirn völlig ignoriert. Es geht nur ums Überleben. Ich wanke zurück, leicht betäubt vom Schmerz. Der Blechkasten hat sich inzwischen vor mir aufgebaut und ich sehe seine Faust auf mich zufliegen.

Ich falle zu Boden und er schlägt immer weiter auf mich ein. Sein Körper ruht über mir, ich spüre wie seine Fäuste immer wieder gegen meine Eingeweide schlagen. Ein stechender Schmerz durchfährt meinen Körper. Ich blicke zu meinen Füßen und sehe, wie eine metallene Faust auf der Stelle ruht, wo einmal mein Knie gewesen ist. Diese beschissene Blechbüchse hat mein Bein zerquetscht. Diesmal hat er wohl ein bisschen fester zugeschlagen. Das Metallmonster hebt seinen Kopf und sieht mir in die Augen. Obwohl er keinen Mund hat, oder irgendeine Art Regung von sich gibt, spüre ich, wie er innerlich grinst. Der Mistkerl steht auf.

- „Du bist zerbrechlich, Mensch. Deine Rasse hat uns zwar in gewisser Weise erschaffen, aber wir sind euch weit überlegen. In körperlicher und geistiger Hinsicht.“

Während er nochmals seine Rechtfertigungen vorbringt, ziehe ich mich mit letzter Kraft zur Steuerkonsole. Die Abdeckung zu der Stromversorgung war schon von der Blechbüchse geöffnet worden. Ich greife nach dem schwarzen Kabel und reiße es aus der Steckverbindung.

-„… und wie ich vorher schon erwähnt habe, kann ich dich deshalb nicht gehen lassen." mit dem letzten Wort dreht er seinen Kopf in meine Richtung.

Eine unglaubliche Angst und Nervosität steigt in mir hoch. Mein Herz hämmert in meiner Brust, meine Sinne scheinen mir geschärft und meine Schmerzen sind vergessen. Das ist mein Endspiel. Der Maschinenmensch hebt seinen rechten Arm, ballt die Hand zu einer Faust und springt mir entgegen. Ich reiße mit der linken Hand das Kabel aus allen Verankerungen und strecke es ihm entgegen. Meinen Kopf drehe ich, geschützt von der Rechten, weg von der Maschine. In meinen Augenwinkeln sehe ich, wie der metallene Körper vom durchfließenden Strom geröstet wird. Der ganze Körper verkrampft sich und beginnt überall zu dampfen. Die Augen platzen auf, am Genick beginnt der Scheißkerl zu brennen. Er ist tot. Ich ziehe das Kabel wieder zu mir und lege es in sicherer Entfernung ab. Erschöpft liege ich am Boden, neben mir der funkende Körper der CR-Einheit.

Ich muss aufstehen und die Nachricht senden. Der Schmerz fährt in meinen Körper zurück. Durch das Blut auf meiner Kleidung fühle ich mich wie ein nasser Sack. Ich drehe mich auf dem Boden um und presse meine Arme gegen den Boden. Mit letzter Kraft ziehe ich mein noch vorhandenes Knie zu meinem Körper. Eine Hand nach der anderen greife ich nach der Kante an der Konsole. Ein letztes Mal beiße ich meine Zähne zusammen und ziehe mich hoch in eine stehende Position. Ich stütze mich auf die Konsole. Mit letzter Kraft strecke ich meinen blutüberströmten linken Arm noch ein letztes Mal von meinem Körper und lasse mich auf das „Senden“-Zeichen fallen. Erleichtert hebe ich meinen Kopf und sehe aus dem großen Fenster. Das tiefe Blau kommt immer näher und durch das Fenster kann ich sehen, wie die Camarde dem Planeten immer näher kommt. Mir wird schwarz vor Augen und mein Knie knickt ein. Ich spüre wie mein Kopf am Boden aufschlägt.

Kollektives Gedächtnis – Stützpunkt Naissance

Die Verbindung zur Einheit CR-75 ist soeben abgebrochen. Die empfangenen Daten sprechen für einen Überlebenden der Besatzung der Camarde. Die Eigenberechnungen der CR-Einheit weisen darauf hin, dass das Lebewesen resistent gegen unsere Nano-Bots sein muss. Die Vernichtung wurde eingeleitet, dürfte aber nicht gelungen sein. Die Scans zeigen, dass sich die Vitus in Richtung Neptunoberfläche bewegt, jedoch keine Rettungskapsel gestartet ist. Das würde bedeuten, dass der Mensch noch am Schiff ist. Somit ist die Vernichtung indirekt gelungen.

Eine Nachricht wurde auch versandt. Richtung Erde. Anscheinend eine Warnung über unsere Aktivitäten am Rande des Sonnensystems. Es müssen sofort Sicherheitsvorkehrungen gegen die Krankheit Mensch getroffen werden. Mit hoher Wahrscheinlichkeit wird diese Rasse nun versuchen den Weltensprung mit geringerer Distanz zur Erde zu wagen. Auch wenn die Menschheit der Falschmeldung auf Schäden durch zu nahe Sprünge erlegen ist, werden Sie es jetzt trotzdem riskieren. Sollten sie merken, dass keine Auswirkungen auf die Erde entstehen, werden sie vermutlich weitere Schiffe bauen und die Besiedlung des Alls vorantreiben. Das muss um jeden Preis verhindert werden.

Die Nachricht wird in einigen Minuten die Erde erreichen und danach noch etwa eine Stunde brauchen, bis ein Entscheidungsträger sie gesehen und bewertet hat. Das bedeutet, das nächste Schiff könnte schon in Erdnähe den Sprung wagen. Sollte die bisherige Startvariante aufrechterhalten werden, müsste das nächste Schiff in wenigen Tagen starten.

An alle Einheiten des Kollektivs, die Erde wird einen neuen Startversuch in großer Nähe zum Heimatplaneten wagen. Bereitet Sprung ins Innere des Sonnensystems vor. Wir halten die Schiffe ab sofort direkt über der Erdatmosphäre auf. Die Menschheit darf das System auf keinen Fall verlassen. An alle Einheiten, wir müssen die Menschheit aufhalten. Die Vernichtung der Menschheit muss abgeschlossen werden.

Erde – Stützpunktkommandant Peters – Epilog

Es ist schon fast zehn Uhr abends. Die Lampe auf meinem Schreibtisch wirft einen schmalen Lichtkegel auf die Dokumente vor mir. Entlassungspapiere. Mit gemischten Gefühlen im Bauch greife ich nach meinem Whiskey und nehme einen großen Schluck. Unsere Einheit wird aufgelöst und wir dürfen alle nach Hause. Wir haben unsere Mission erfüllt und die Menschheit vor dem Aussterben gerettet. Nach fünfzig Jahren im Dienst der Menschheit darf ich mich endlich zurückziehen und meine wohlverdiente Rente genießen. Morgen wird das letzte Transportschiff beladen. Während der nachfolgenden Reise zum Rand unseres Sonnensystems müssen noch einige Kommunikationsoffiziere anwesend sein, aber das gesamte Bodenpersonal ist fertig. Das Ende einer Ära. Die Menschheit hat neue Hoffnung auf fremden Planeten gefunden. Die meisten von uns wurden aber auf diesem Planeten zurückgelassen um die Zeit, die der Menschheit noch bleibt, zu genießen. Ich tröste mich mit dem Gedanken, dass am Ende sowieso alles vergebens ist und das Universum ein schrecklicher

Ort ist, um zu leben. Am Ende wird nichts mehr übrig sein. Kein Anzeichen davon, dass irgendwo einmal irgendetwas gelebt hat. Das einzig Grausame daran ist zu wissen, dass es so kommt.

Ich höre schnelle Schritte meiner Tür näherkommen. Ein Rekrut reißt die Tür auf und schreit „Kommandant, kommen Sie schnell. Eine Nachricht von der Vitus."

- „Keine Eile Jungchen", antworte ich „die Nachricht kann nicht besonders dringend sein. Und wenn doch können wir so schnell nichts unternehmen. Die befinden sich doch gerade irgendwo am Rande unseres Sonnensystems."

Ich nehme noch einen Schluck und stehe langsam auf. Sogar das bereitet mir schon Rückenschmerzen. Das Alter ist eine furchtbare Zeit.

- „Schneller, wenn die Nachricht so stimmt, müssen wir sofort etwas unternehmen." schreit der Junge.

Wovon redet der bloß. Seine Nervosität macht mich neugierig. Ich streife meine Jacke über und folge dem Jungspund in die Kommandozentrale.

- „Was ist los, bringen Sie mich auf den neuesten Stand, Rekrut!" fordere ich ihn auf.

- „Sir, wir haben vor etwa fünf Minuten eine Videobotschaft der Vitus erhalten. Die Sendesignatur war aber von einem Besatzungsmitglied der Camarde. Das hat die Videoanalysten sofort alarmiert. Die Auswertung der Nachricht bestätigt, dass es sich um keine Fälschung handelt. Es ist nur ein sehr kurzes Video, aber ich wurde sofort losgeschickt, um Sie zu holen. Kurz zusammengefasst wurde die Camarde und die Vitus am Rande unseres Sonnensystems gekapert."

- „Was sagen sie da?", fragte ich noch mal nach, während wir über den Innenhof der Anlage liefen.

- „Unsere Schiffe wurden gekapert. Bei der Neptun-Umlaufbahn. Angeblich eine Weiterentwicklung unserer künstlichen Intelligenz, die vor etwa einhundert Jahren den Planeten verlassen hat" Der Rekrut reißt die Tür zum Gebäude mit dem Kontrollraum auf. Leicht schnaufend fährt er fort: „Die Nachricht klingt beängstigend. Wir sollen auch die noch startenden Schiffe aufhalten."

- „Gibt es dafür irgendwelche ernsthafte Gründe? Überprüfen Sie das Videomaterial nochmal auf die Echtheit!" Meine Anweisungen kommen mir seltsam vor.

Warum sollte uns irgendjemand angreifen. Vor allem am Rande unseres Sonnensystems. Außerdem wäre es jetzt auch schon egal. Wir sind dabei das Sonnensystem zu verlassen. Die neuen Planeten wurden schon zum Großteil besiedelt. Wir haben wunderschöne Aufnahmen von den fremden Welten, auf denen die Menschheit nun heimisch ist. Ich öffne die Tür zur Kommandozentrale und ein schmächtiger Junge tritt an mich heran.

- „Hier entlang, Sir. Wir haben das Video für sie vorbereitet." Ich folge ihm und setze mich schließlich auf einen der Arbeitsplätze. „Danke, bringen Sie mir eine Tasse Kaffee."
Vor mir auf dem Bildschirm sehe ich ein Play-Symbol. Ich strecke meinen rechten Zeigefinger zum Bildschirm und spiele die Nachricht ab.